彩堂かすみの謎解きフィルム

プロローグ

「よろしければ、いまのお話、詳しく教えていただけませんか」

いきなり背後から掛けられた声に、高倉《たかくら》先輩と僕はそろって振り返る。

するとそこには、ひとりの女性が立っていた。

「わたし、ここで働いてるんです」

僕は彼女が指差す建物を見上げた。

『ここ』というのは、僕たちが営業回りの途中でたまたま見つけた小さな映画館のことに違いない。

それにしても……と、ふたたび彼女に向き直る。アルバイトの大学生だろうか。

日だまりのようなほほ笑みを浮かべた、とても素敵なひとだった。

白く透き通った肌と大きな瞳が印象的だ。

涼しげな風がさわさわと吹き渡る。

うしろでひとつに束ねた髪の毛が、腰の近くで揺れた。

僕の隣の高倉先輩は、どんな表情を浮かべていただろう。僕にはわからなかった。

なぜって……彼女に見惚《みと》れていたから。

「あ、どうも」

しばらくしてはっと我に返り、僕も慌てて頭を下げた。

これが、僕――逢原呼人《あいはらよびと》と、彼女――彩堂《さいどう》かすみさんとの出会いだ。

不意打ちというか、予想外というか、唐突、突然、想定外にして、なんの前触れもなく起きた奇跡、なんて言ったら少し大袈裟だろうか。

それでもやっぱり、彼女――かすみさんとの出会いは特別だった。

だって……。

「掲示板のポスターを貼り替えにきたら、ちょうどおふたりのお話が聞こえてしまって。盗み聞きするつもりはなかったんですけど、とても面白そうな内容だったので思わず聞き入ってしまいました……。あ、でも、怪しい者ではありませんから！」

かすみさんが言う『おふたりのお話』というのは、厳密にいえば先輩がさっき僕にしてくれた話のことだ。

それは、とある映画のポスターに描かれた、よくわからない記号についてだった。

彼女はその話によほど興味をそそられたのか、もじもじしながらも果敢に、勇気を出して話しかけてきた。僕たちとは初対面だっていうのに。

先輩も僕も営業回りの途中だったから、本当はこのまま話し込むべきではなかったのかもしれない。でも、結局彼女の希望に応じざるをえなかった。

それはそうだ。あんなに爛々《らんらん》と目を輝かせて迫られては、断るわけにもいかないだろう。

「だったら――俺がずっとモヤモヤしてた疑問、解決してくれるのかな？」

しょうがないな、という顔で先輩がそう告げると、

「ありがとうございます！　詳しくうかがえれば、その謎、解けるかもしれません」

第一印象はおっとりとした雰囲気だったかすみさんが、やけに凛々《りり》しく答えた。

馴染みのない街で偶然見つけた映画館。

なんか奇妙なシチュエーションだったけれど、無邪気な彼女のペースにまんまと乗せられてしまったようだ。

「じゃあ——」

こうして高倉先輩は、彼女に『映画のポスターにまつわる謎』について話し始めた。

第1話　謎の記号の映画

（そして、『白黒かカラーか覚えていない映画』）

1

「ありがとうございました！」

僕は前に立つ高倉先輩を真似て、深々とお辞儀をした。

商業施設やマンションの並ぶ賑やかな通りの一角にあるビルの正面玄関。

取引先の部長と課長が中へ戻っていくのを笑顔で見守る。

水産食品の加工・販売の会社に就職して二か月。朝からずっと外回りの日が続いているが、新たな成約を得た瞬間は、とても感慨深い。

でも、ここで先輩の教えを思い出す。

気を抜いてヘラヘラするなよ。中に戻った部長さんや課長さんが、上階の窓から俺たちの様子を見ているかもしれないぞ――。

正面玄関の奥に向かって一礼すると、踵《きびす》を返し、背筋を伸ばしてスタスタと歩く。

嬉しさをかみ殺して。

角を曲がってビルが見えなくなると、僕はようやく隣の先輩を振り返った。

「やりましたね、先輩！」

「ああ、これまで連敗続きだったけど、やっと会心の一勝だ」

先輩が空を見上げる。腕はおろしたままだったものの、その拳《こぶし》は小さくガッツポーズしていた。

この春で入社九年目だという高倉先輩は、新人である僕のメンターかつ営業回りのパートナーだ。仕事に妥協がなくて、厳しい。長身、短髪で胸板が厚く、腕も足も太い。なんでも大学時代は、弱小ラグビー部で主将をしていたという。

「負けを重ねる中でたまに勝ち取る一勝の醍醐味ってのは、クタクタになったあとに飲む冷えたビールと同じくらいすばらしい」

先輩がしみじみと言った。この二か月間で、百回は耳にした言葉だ。

連敗続き、会心の一勝――。

先輩はいつもこの仕事をラグビー部時代の状況と重ねる。

「あの部長さん、絶対受注してくれないと思ってました」

初めての面会アポイントの電話は僕が掛けた。そのときはかなり素っ気なく切られてしまった。

「まあ、飛び込み営業だけじゃ、たいていは門前払いだからな」

おまえもこれからわかるよ。先輩はそんな目をしていた。

「今回は何か戦法を変えたんですか？」

自分が営業職に向いているのか自信がない。成果を出せる仕事の仕方があるのならぜひとも教えてほしかった。

「まあな。逢原もいまのうちに覚えておけよ」

先輩が真剣な面持ちになる。

「あそこは大口顧客だから、絶対に取りたかったんだ。でもいきなり突撃しても撃沈するのは予想できたよな」

たしかに、電話では話もさせてもらえなかった。

「だからさ、今回は根回しを十分にしたんだよ。うちの商品を買ってくださっている別の会社に何度も顔を出して、世間話したり、納品後のトラブルがないか聞いたりして、少しずつ仲よくなってさ。それからざっくばらんに話せるようになったところであの部長さんに取り次いでもらったんだ」

「そんな努力を……」

このひとはただ厳しいだけでなく、誰よりストイックでまっすぐだ。

「刑事と営業は足で稼ぐっていうだろ。靴底すり減らして歩き回って、電話だけじゃなくて、ちゃんと顔を見て話を聞いて、相手のことをよく知ってからこっちの話をするのが本筋なんだよ」

先輩が白い歯を見せて笑った。

「もちろん、それでも十や二十、いや、五十社回って一件も取れないことだってあるけどさ」

それはこの二か月で思い知った。丸一日歩き回って一件も成約できない日なんて、いくらでもある。

「営業って、厳しいですね」

大学卒業、就職を機に親元を離れて、初めての土地、初めてのひとり暮らし、慣れない仕事。僕はうまくやっていけるだろうかと、不安になる。

「そんなシケたツラするなって。おまえだって来月からはひとりで回るんだぜ」

「えっ、僕が……ですか」

ずっと先輩とセットだと思っていた。どうやら考えが甘かったようだ。

「うちのような小さな会社は新入社員も即戦力だからな。早くひとり立ちできるように、二か月間一緒に回って覚えてきたんだろ」

工場と販売と営業、三つの部署で、社員は総勢十八名の会社。営業職の新人は僕だけだった。先輩に即戦力だなんて言われると、期待に応えたい思いよりも責任の重さをひしひしと感じる。

「まあ、大丈夫だろ。逢原って、なかなか物腰やわらかいし愛嬌もあるから、わりと評判いいと思うぞ」

そんな評価は初めて聞いた。

「先輩のうしろをついてきただけですから、僕なんて全然です。まだまだ頼りなさすぎて」

「それでも、誠実にやっていればうまくいくこともあるよ。おまえって、なんか母性本能をくすぐるっていうかさ。販売のおばちゃんたちとか、『ほっとけないわ』って助けてくれるんじゃないかな」

持ち上げられたと思ったら肩透かしを食らった。

でも、先輩のこういう気の置けない性格が好きだ。

「あと何件？」

先輩が腕時計を見る。毎日訪問する数を決めているので、時間には敏感なのだ。僕は慌ててカバンからリストを取り出した。

「四件あります」

「次はどこだっけ」

「最近できたショッピングモールです」

いま僕たちがいる場所から新幹線も停まる大きな駅までは歩いて十分ほど。そこから在来線で二駅行ったところが次の目的地だ。

「そうか。じゃあ、このまま駅に向かうか、どっかで休むか、どっちがいい？」

どう答えようかと思った矢先、ギュルギュルと情けない音が漏れた。

「あー、俺も腹減ってきた」

先輩の頬がゆるむ。

「いったん昼飯にするか」

「すみません」

僕は恐縮しておなかを押さえた。

少し歩いて、幹線道路と並行して延びる一方通行の細い道に入った。

通りには百貨店の契約駐車場、木々の茂った庭と池のある割烹や、おしゃれなカフェ、アンティークショップなんかが並ぶ。その先にコンビニエンスストアが見えた。

僕たちはそこで食料を買い、隣接する小さな児童公園のベンチでずいぶん遅い昼食をとった。時間短縮のため、飲食店に入って休むことはまれで、今日のようにコンビニで買って外で食べることが多い。

ブランコと鉄棒しかない小さな公園のベンチに、先輩と並んで腰かける。

「なんだよ、ダイエットでもしてるのか」

先輩が僕の買ったものを見て聞いた。

おにぎりがふたつ。好んでこれしか食べないわけではない。

「ただの金欠です」

両親は、僕が実家から通える範囲にある条件のよい会社へ入ることを望んでいたはずだ。でも残念ながら、それは叶わなかった。高校も大学も第一志望に受からなかった僕は、就職活動でも大苦戦し、数十社も挑戦してようやくいまの会社に採用された。自分は気に入ったものの、親の希望していた環境とは程遠い。それでも彼らは、僕に対するわずかな期待がしぼんだのを見せずに祝福してくれた。

見知らぬ土地でのひとり暮らしになったが、大学の学費を出してくれた両親に報いることのできなかった負い目もあって、引っ越しもアパートの契約も自分で手配し、わずかな貯金でまかなった。実家を離れる日、父も母もずいぶんと気に掛けてくれた。何かあったらいつでも戻ってきなさいと言われたのが逆につらかった。

「ほい、これは俺のおごり」

先輩が自分の買ったものの中から、から揚げとポテトの盛り合わせを差し出した。

「え、でも……」

「『一番いけないのは、おなかがすいていることと、ひとりでいることだから』ほれ、食え、と僕の膝の上に容器を置く先輩に、

「ホント、ありがとうございます」

と頭を下げた。

「おまえ、礼はいいからツッコめよ。いまの、『サマーウォーズ』の名言だろ」

「『スターウォーズ』にそんなセリフがあるんですか」

「わざとボケてる？　それともマジ？　『スターウォーズ』じゃなくて、細田守《ほそだまもる》監督の『サマーウォーズ』だって」

「はあ……」

「おいおい、観たことないのはともかく、タイトルも聞いたことないの？」

「それ、ＳＦですか？」

　心から呆れているような先輩を見て、なんだかひどく申しわけなかった。

「まあ、ジャンル的にはそうとも言えるか。けっこう有名なアニメ作品だと思うんだけど」

「映画、これまでほとんど観てこなかったんです」

「俺もべつに映画好きってほどじゃないさ。けど、そのくらいは一般教養って言ってもいいんじゃないかな。逢原って、人生かなり損してるぞ」

　先輩はイヤミで言ったわけではなさそうだった。むしろ僕を憐れんでいるように聞こえた。

　高校受験、大学受験と、羽目も外さず映画も観ず、ひたすら勉強してきたわりに第一志望合格という目標を達成できなかった僕。たしかに先輩の言う通り、人生損してきたのかもしれない。

「じゃあ、やっぱり、ピクサーとかもわかんないかな」

「それ、ひとですか」

漠然と、いや純粋に、何気なく聞いてみたのがまずかったようで、

「おまえ、それ、マジなの？　ジョークなの？」

「マジ……だと思います」

「はぁ……」

先輩が大きなため息をついた。

「アニメーションスタジオだよ、偉大で、有名な。『トイ・ストーリー』とか『モンスターズ・インク』とか知らない？」

「ああ、知ってますよ！　最初から作品名で教えてもらえたらわかりましたって」

「観たことは？」

「いや、まだ、ないです」

「もう、おまえっていう男は。やっぱり人生損してるよ」

僕が先輩のお気に入り映画を観ていないからって、ずいぶんな言い草だ。人生と映画にそんな大きな関係なんてないだろうに……。

「おい、逢原」

胸の内で毒づいていた心の声が漏れていたか。

僕は焦って隣の先輩を振り返る。

「あれ、なんだろう？」

先輩は、僕たちの座るベンチから見て、道を挟んだ斜め向かいにある建物を指差していた。それはレンガ造りのレトロな二階建てで、上階には丸窓があり、屋上にはところどころ緑が見えた。

中世ヨーロッパにありそうな洋館か、教会のようでもあった。

入り口脇の掲示板に、ふと目がいった。色とりどりのポスターが並んでいる。

「公民館ですかね？」

と聞く僕に、先輩は「映画館かも」と答えた。

あれが？

これまで映画は、映画館では年に一度くらいしか観なかった。それも郊外にあったショッピングセンターの中のシネコン——複数のシアターがある映画館、シネマコンプレックスの略だとか——くらいだ。だからあの洋館か教会か、はたまた秘密の隠れ家のような建物をどうしたら映画館だと思えるのか、僕にはさっぱりわからなかった。

あ、でも……。

そういえば中学生のときに一度だけ、祖母——僕はいつも「ばあちゃん」と呼んでいた——に連れられて、古びた映画館に行ったことがあるような気がする。そのときは、ああ、こんな映画館もあるんだって、ぼんやりと感じたような……。

そこで観た映画はとても不思議な作品だった。

たしかオープニングのシーンは、街から空を見上げる人々の顔。

はて、あの映画は、白黒だったのか、カラーだったのか。それさえ曖昧になっている。どちらでもあったような気がしてしまうが、二度見た記憶もないし、映画館で鑑賞したあとレンタルで借りたこともない。そしてテレビでも。

ばあちゃんと行った映画館の存在も、白黒だったかカラーだったかさえはっきりしない映画も、なんだか夢か幻想だったのではないかと思ってしまう。

「あのポスター、上映してる映画の宣伝じゃないか?」

またしても物思いに耽《ふけ》っていたところ、ふたたび高倉先輩の声ではっとする。

「そうですかね……」

僕たちの座るベンチからは距離があって、ポスターの内容までは見えない。

「俺も詳しくはないんだけど。俺の兄貴、大学に入って初めて同級生のカノジョができてさ。つき合い出してから急に映画に夢中になったことがあったんだ。かれこれ十数年前になるかな。兄貴の部屋の壁一面が、いろんな作品のポスターで埋め尽くされてたの、思い出したよ」

「それって、カノジョさんの影響ですかね」

好きなひとの趣味に興味を持つ。学生時代、周囲を見回せば恋人の趣味に影響を受けている友人はけっこういた。僕もこれまでそういうことが何度かあった。相手の好きなものを知ることで、そのひとのことを深く知ることができる気がしたのだ。

「まさにそんな感じだよ。俺も何度かカノジョと話したことがあったから、よく覚えてる。兄貴のカノジョは大の映画好きだった。まあ、ブラピとかレオさまとか、海外の俳優に何人かお気に入りがいたみたいだから、映画ファンというよりはただのミーハーだったのかもしれないけど」

食事を済ませると、僕たちは道を渡り、気になっていた建物の前まで近づいた。

「ああ、やっぱり」

先輩の言った通り、そこは映画館だった。

入り口脇の掲示板には、上映中のポスターと、その下に上映時間も貼られている。そして入り口をのぞくと、館内の壁にもさらにたくさんのポスターが並んでいた。

まさか、幹線道路からたった一本北側の細い通りに、こんなレトロで不思議な映画館があるとは。なんだか別世界に迷い込んだようだった。

掲示板は、金属の枠と表面がガラスでできた薄いショーケースになっていて、貼られたポスターには中から蛍光灯の光が当たっていた。

ただ、上映中の作品も上映予定の作品も、聞いたことのないものばかりだった。

「先輩、知っている映画あります？」

「いや、俺も知らないのが多いよ。ずいぶん古い映画じゃない？」

先輩が指したポスターは、味のある、というか時代を感じさせる海外の作品のようだった。

「そういえば……」

一緒に眺めていた先輩が、急に何か思い出したように語り出した。

「ポスター見てたらよみがえってきたよ、昔の記憶が。さっきの──俺の兄貴の学生時代の話には、続きがあるんだ」

「続き？」

「ある日、兄貴がカノジョに、何かの映画のポスターをプレゼントしたらしいんだ。そうしたら彼女、急に怒っちゃってさ。『返してきて！』って叫んで。すごい大喧嘩になったんだよ」

「へえ、どういうことですかね。先輩のお兄さんが、カノジョさんの好みとは違ったポスターを贈ってしまったとか」

「それが、なんの映画かはわからないんだ。ただ、彼女の好きな俳優が出ていた作品なのは間違いない。彼女に贈る前に兄貴からさんざんノロケ話聞いてたから。絶対に喜んでくれるはずだって」

そこまで先輩のお兄さんが自信を持って用意したポスターなのに、なんでカノジョは怒ったのだろう。

そのポスターがどの映画のポスターなのかも含めて、気にはなったものの、いま聞いた情報だけではなんの手がかりもない。それに、もともと映画に関する知識がゼロの僕には、まったくのお手上げ状態だった。

「まあ、いまとなっては、謎のまま。もう時効だな。――さて、行くか」

先輩が次の営業先に向けて歩き出そうとしたそのとき。

背後から、声が掛かった。

「よろしければ、いまのお話、詳しく教えていただけませんか」

2

振り返ると、ひとりの女性が立っていた。

「わたし、ここで働いてるんです」

彼女が小さく会釈する。

淡い水色のブラウスに、膝丈の黒いフレアスカート。ほんわかとした雰囲気の、笑顔の似合うひとだった。

と同時に、さわやかな風が吹き抜けて、彼女のうしろでひとつに束ねた髪の先が腰の近くで揺れた。さらさらしていて艶のある、きれいな髪だ。きめの細かい白い肌と黒目がちの瞳に惹きつけられる。

隣の先輩も、彼女につられるように会釈を返した。

「あ、どうも」

ぼんやりと見惚れてしまった僕も、慌てて頭を下げる。

彼女が大切そうに抱えていたポスターをおなかのあたりまでおろすと、胸元にネームプレートが見えた。

『彩堂』、下に小さく『Saido』とある。

見た目もずいぶん若いし、初々しい。この映画館のアルバイトだろうか。

「いまの話って、俺の、兄貴の話?」

先輩が戸惑いながら彩堂さんに問い返す。

「す、すみません。掲示板のポスターを貼り替えにきたら、ちょうどおふたりのお話が聞こえてきて。盗み聞きするつもりはなかったんですが、とても興味深い内容だったので、思わず聞き入ってしまっただけなんです!」

彼女の耳が急に熱を帯びた。頬も赤い。もじもじしながらも、怪しい者ではないとでもいうように、必死に身の潔白を訴える姿がほほ笑ましい。

一方の高倉先輩は、困った表情を浮かべていた。今日回るべき営業先がまだまだあるので、時間を気にしているのだろう。どうしたものかと僕に視線をよこす。

僕はスマホを開いて時刻表を見た。

「次の電車、ここから駅までかかる時間を考えて、十分くらいなら」

そう告げると先輩は、しょうがないな、というようにふっと息を吐いて笑った。

「だったら——俺がずっとモヤモヤしてた疑問、解決してくれるのかな？」

「ありがとうございます！　詳しくうかがえれば、謎が解けるかもしれません」

おっとりとした雰囲気の彩堂さんが、やけに凛々しく答える。

その目は好奇心できらきらと輝いていた。


「じゃあ——」

先輩は彼女に、先ほどの続きを話し始めた。

「俺が高校二年生だったとき、二歳上の兄貴は大学一年生で。その兄貴の部屋にはたくさんの映画のポスターが貼られていた——っていうのは聞いてたかな」

「はい。映画好きだった当時のカノジョさんの影響かもしれない、ってところも」

彩堂さんがはっきりとうなずく。

最初に見せた不器用なぎこちなさは影をひそめた。

先輩が話を続ける。

「ある日、参考書を借りに兄貴の部屋をのぞいたんだ。そうしたら、ちょうどなんかのポスターを広げかけてた兄貴が、それを急いで巻き直したんだよ。しかも、すごく慌てた様子で。『エッチなやつか』って聞いたら、『映画のポスターだよ!』って。べつにふつうに言えばいいのに、妙にイラついた感じで答えたんだ」

「それで、結局お兄さまは、それがどの映画のポスターなのかは教えてくれなかったんですね」

彩堂さんは急に探偵のような口調になり、先輩の話す内容ではっきりしない部分を補うように聞いた。

「そう。『カノジョにあげるんだから、先に言うなよ!』って。俺、兄貴のカノジョと面識があったから。兄貴のやつ、俺がプレゼントのことを先にカノジョに話さないか心配したのかもしれない」

大切なプレゼントのことはみんなに秘密にしておいて、カノジョを驚かせ、喜ばせたい。その気持ちはよくわかる。

「お兄さまが巻き直したポスター、タイトルは見えなかったのでしょうけど、俳優さんの顔とか、デザイン、色や文字など、何か覚えていませんか?」

彩堂さんが問いただす。そこは僕も気になっていた。

「いや、俳優も女優もひとの顔は見えなかった。ポスターの色も曖昧だな。でも、ひとつだけ覚えてることがある。当時、『なんだ、あれ?』って思ったから。もう十何年も前のことだけどさ、それだけははっきりと記憶に残ってるよ。ただ……」

「『ただ?』」

彩堂さんと僕の声が重なった。顔を見合わせると彼女の顔が赤くなっていた。たぶん、僕の顔も同じようになっている。

「それは、謎の記号なんだ」

先輩は、ポスターに書かれていたという記号を、ひとつずつゆっくりと発音した。

「大文字のダブリュ、コロン、びっくりマーク、ハイフン、最後に大文字のエス」

W　:　!　-　S

ひとつの記号のサイズが、ちょうど手のひらを広げたくらいだったという。

「『W:!-S』ってなんの映画だよって、ネットでも調べたんだ。でも、そんなタイトルの作品はなかったし、いくら検索しても家具や照明器具の商品管理ナンバーしか出てこなかった。兄貴のカノジョっていうか元カノとは、結局そのときの大喧嘩が原因で別れちゃって。だから兄貴の元カノからも真相は聞けずじまい」

先輩は苦虫を噛みつぶしたような表情を浮かべた。

「よほど思い出したくないのか、兄貴もずっとその話題には触れなかったし、俺だってポスターのことなんて、今日まで忘れてた」

結局、手がかりは謎の暗号めいた記号だけか。

彩堂さんの顔をちらりと見ると、彼女は小さな口を結んで考え込んでいる。見ず知らずのサラリーマンの、それもずいぶんと前の話に真剣に耳を傾けるなんて、ちょっと――いや、ずいぶんと変わっている。

「お兄さまはその当時、何かアルバイトをしていましたか」

「『え？』」

解決を諦めたかと思っていた彩堂さんがいきなり予想外の質問をしてきたので、今度は先輩と僕の声が重なった。

「たとえば、映画館のバイトなんかは？」

彼女のさらなる問いかけに、先輩が激しくまばたきした。

「あ、ああ、してた。大学入って最初のゴールデンウィークから、たしかその年の秋くらいまでかな」

先輩のお兄さんは、そのカノジョとの別れを機にバイトのほうも辞めたらしい。クリスマスは『シングルベルだ……』と嘆いていたようで。だから先輩も、昔のことながらお兄さんがアルバイトをしていた期間を覚えていたという。

彩堂さんは先輩に、さらにいくつかの質問をした。

「カノジョさんも、同じアルバイトをしていましたか」

「兄貴の元カノね。たしか父親が厳しくて、バイトは禁止されてたと思う」

「お兄さまが映画館でアルバイトをしていたのは、西暦でいうと何年でしょうか」

「西暦？　なんでそんなことを？」

「すみません……一応確認しておきたくて」

申しわけなさそうにしつつも、彩堂さんの声にはぜひ確かめておきたいという意思がこもっていた。

「俺が高二のときだから、ええと――二〇〇六年かな」

「ちなみに、アルバイト先の映画館はどちらでしたか？」

「実家の近くには大きいのがひとつだけだったから――」

先輩は、全国に展開する大手シネコンの名を挙げた。

「お兄様の元カノさんが好きだった俳優さん、先ほどブラッド・ピットやレオナルド・ディカプリオの名前が挙がっていましたけど、トム・クルーズはどうでしょう？」

「ああ！　忘れてた。たぶん一番好きだったんじゃないかな」

バイト時期についての質問とか、いったい何を聞きたがっているのだろうと、僕は彩堂さんと先輩のやりとりを、半ば呆れて聞いていた。

でも、トム・クルーズって。その俳優なら僕だって！　ようやく知っている名前を耳にして、喜び勇んで会話に混ぜてもらおうとしたそのとき——

「わかりました」

彩堂さんが、先輩にまっすぐなまなざしを向ける。

いったいなんなんだ。何がわかったっていうんだ。

僕は固唾を飲んで見守った。

彼女はゆっくりと、はっきりとした口調で答えた。

「謎の記号のポスター、『ミッション：インポッシブル２』だと思います」

「『ミッション：インポッシブル２』？」

先輩は彼女の告げた作品名をそのまま反芻《はんすう》した。

観たことはないものの、僕もその作品の名は知っている。トム・クルーズが主演の、いまも続く大人気シリーズだろう。

「ええっと、あの……」

彩堂さんが、何か言葉を口にしようとして、言いよどんだ。

「どうしたんですか？」

僕が尋ねると、彼女はバツが悪そうな表情で「お名前は……」とつぶやいた。

そういえば、彼女の名前はネームプレートで認識していたものの、こちらの名前は聞かれなかったせいか、名乗るのを忘れていた。

「あ、僕が逢原で、こちらが先輩の高倉さん」

「わたしは彩堂です。はじめまして……って、もうさんざんお話ししてますね、わたしたち」

彼女はおどけて白い歯を見せた。

「すみません、高倉さん」

あらためて探偵が推理モードに戻る。

「ああ」

先輩も背筋を伸ばした。

「たぶん高倉さんは、当時、お兄さまのポスターの文字を逆さに読んだのでしょう」

「逆さ？」

彩堂さんの指摘に、先輩が首をひねる。僕も頭の中で例の記号を上下ひっくり返してみた。

するとｓ、『S-i:M』になった。


すると、『S-i:M』になった。

「エス、アイ、エム……『シム』？」

ここまでずっと傍観者だった僕が、なんとか会話に参加したくて掛けた声に彼女が振り返った。優しく見つめられたせいか、急に胸の鼓動が激しくなる。

「そうですね。でも、それはまだ正しくなくて……、実際には——裏面から、逆さに文字を見たのだと思います」

彼女はこれが真相だと言わんばかりににっこりとほほ笑むが、正直、僕には意味がわからなかった。

「裏面って、ポスターの裏側ってことですよね」

あたり前かもしれないが、念のため確認した。

「そうです」

「ふつう、ポスターの裏は白くないのか？」

僕が疑問に思ったことを、今度は先に、先輩が口にした。

彼女はしばらく目をぱちくりさせてから、

「ああ、そうですよね！」

とひとりで納得したような声を上げた。

僕たちが何を知りたいのか心得たようだ。

「映画の宣伝ポスターっていうのは、裏からライトを当てたときに柄をくっきり美しく見せるため、Double Sided《ダブル・サイディッド》——両面印刷になっているんです。だから裏面は、反転しています」

反転？　鏡写しということか。

『W:I-S』を上下逆にすると『S-I:M』、さらにそれを裏から見ると——

『M:I-2』か。

「二〇〇〇年七月日本公開、『ミッション：インポッシブル２』のポスターでのロゴは『M:I-2』、ちなみに二〇〇六年七月日本公開の『３』は『M:I:III』です。トム・クルーズ演じる凄腕エージェント、イーサン・ハントを主人公とした『ミッション：インポッシブル』シリーズは、三作目までM:Iプラスナンバーで略したタイトルを使用し、四作目以降は『ゴースト・プロトコル』『ローグ・ネーション』などのサブタイトルをつけています」

言ってから彩堂さんは、抱えていたポスターを広げて見せてくれた。

「これ、うちで来月から上映する作品です」

彼女が説明してくれた通り、たしかに裏面には、俳優もタイトルも反転した画像が印刷されていた。

「映画のポスターって、そういうふうにできているんですね。初めて知りました」

素直に感心する僕に、彩堂さんは、

「お役に立てて嬉しいです」

と満面の笑みを浮かべた。

「なるほどねえ」

先輩も、喉に刺さっていた魚の小骨がようやく取れたかのように、すっきりした表情をしている。

「それから、これは蛇足かもしれませんが……」

「何？」

話を続けようか躊躇する彩堂さんに、先輩が前のめりになった。

「あの、高倉さんのお兄さまと、お兄さまの元カノさんの喧嘩の理由……」

先ほどまでの凛々しかった表情は鳴りをひそめ、彼女は何か言いづらそうに、急にもごもご始めて言葉を濁した。

「何かわかったなら、はっきり話してくれ」

先輩が踏み出し、気圧《けお》されたように彩堂さんがからだをうしろにのけぞらせる。

体格のいい元ラガーマンに詰め寄られたらさすがに怖いだろう。

「先輩、ちょっと力みすぎですってば」

僕は慌てて先輩に呼びかけた。

「ああ、悪い、悪い。つい熱くなった」

先輩が一歩退《ひ》く。

「ここからは、あくまでわたしの勝手な『仮説』です。もちろん真相はまったく異なるかもしれません」

躊躇していた彩堂さんが、恐る恐る先輩を見る。

先輩は「構わない」と答えた。

彼女はふうっと小さく息を吐いてから、ためらいがちに語り始めた。

「元カノさん、喧嘩の際に『返してきて！』って叫んだんですよね。ということは、大変お伝えしにくいのですが……お兄さまはひょっとしたら、学生時代にアルバイトをしていた映画館から、そのポスターを勝手に持ち帰ったのかもしれません」

「つまり、盗んだってこと？」

先輩の声は冷静だ。あくまで確認のために聞き返したようだった。

「失礼なことを言ってすみません」

彩堂さんが身をすくめた。

「配給会社から劇場に送られる宣伝ポスターは、宣伝材料として掲示されたあと、本来は転売を防ぐために破棄されます。うちのような小さな映画館だと、取引する配給会社も国内大手より海外の小さな会社が多いので、そのへんはあまり厳しくないんですが……、お兄さまがアルバイトをしていたシネコンの会社は、そのルールがとりわけ厳格なはずです。従業員だからといって使用済みのポスターを持ち帰ることはできません」

先輩の目が小刻みに、左右に動いた。その可能性に動揺しているのかもしれない。

「映画館の売店で買ったってことはないでしょうか」

たまらず僕が彩堂さんに聞く。

「売店で売られているポスターは、たいてい廉価版の片面印刷です」

なるほど、そうなのか……。

「兄貴の部屋に貼ってあったポスター……、たしかに売店のとは違った。どれももっと大きくて、厚みと光沢もあって、なんていうか高級感があった気がする」

先輩が当時の光景を頭に浮かべるようにしてつぶやいた。

「でしたら、それらはたぶん、映画館に貼られている宣材と同様の、両面印刷されたものでしょう」

「て、ことは……」

先輩の顔が曇る。

「あれは全部、映画館からくすねてきたものだったのか」

僕はドギマギした。自分の身内が窃盗の常連だと知ったら、いったいどんな心地だろうか。

「いえ、さすがに劇場に貼られたポスターを何度も持ち帰ることはできないのではないでしょうか」

どんよりとした空気を彩堂さんの澄んだ声がかき消した。

「映画配給会社からアメリカ国内向けに製作される両面印刷のポスターは、劇場での宣伝や掲示用で数量限定ですが、それらは日本の専門店でも扱っていますし、大手ネット通販でも簡単に手に入ります」

「ちなみに、そういうのって、いくらくらいするものなんですか？」

興味本位で思わず聞いてしまった。

「もちろん大きさや流通数にもよりますが、プレミアものでなければ、価格はだいたい数千円から一万円です」

そうなのか……。ポスター一枚でそんなにするとは……。

映画にそれほど興味がなく、さらに現在金欠の僕からすると、正直、なかなか高価な気がした。でも、そういうポスターが売られているのなら……。

「それなら、先輩のお兄さんが元カノさんにあげたポスターだって、買ったものかもしれませんね」

僕は思ったままを口にした。

のが気になって」

「そうですね、もちろんその可能性はあります。ただ……二〇〇六年の出来事だった

「何か特別な年なんですか？」

「二〇〇六年は、高倉さんのお兄さまが映画館でアルバイトをしていた年で、ちょうどその夏に『ミッション：インポッシブル3』が公開されました。全国展開する大手劇場の中には、シリーズ3作目の公開を盛り上げようと、『1』や『2』の宣材ポスターをロビーやホワイエなどに貼っているところも多くありました」

なるほど。たしか、スタジオジブリの作品を観にいった従姉妹《いとこ》のお姉さんも、歴代ジブリ作品のポスターが並んでいて壮観だったと話してくれたことがあった。

「『ミッション：インポッシブル』はトム・クルーズが初めてプロデュースも手掛けた作品で、二十年以上続く大ヒットシリーズです。『2』はアクション映画の巨匠、ジョン・ウー監督が担当していて、この年の世界興行収入もトップでした。物語冒頭のロック・クライミングシーンから、手に汗握る展開の連続で、もう、ハラハラしちゃって。ポスターも燃え盛る炎をバックに、頬に傷を負ったトム・クルーズの横顔のアップで、とてもかっこいいデザインでした。それで、あ……」

急に熱く語り出した彩堂さんに圧倒されてしまったが、そんな僕や先輩を見た彼女も、はっとした顔をする。どうやら自分が暴走モードに切り替わっていたことに気づ

いたようだ。

「すみません！　つい話がそれちゃって」

察してくれてよかったです……。

「国内向けのポスターがアメリカ向けのポスターと異なるのは、トム・クルーズをはじめとしたキャストとスタッフの名前がカタカナ表記であることと、タイトルの下に『SUMMER』の文字がなく『2000』とだけ入っていることです。もしもお兄さまのポスターが国内向けのものだとしたら、『3』の上映が終わるタイミングで、アルバイト先の映画館から……」

彩堂さんは、これ以上は言葉にしづらいのか、そこで話を止めた。

さすがに僕も、その続き——彼女の『仮説』はわかった。

先輩のお兄さんが終業後、他のスタッフの目を盗んで本来廃棄されるはずのポスターを無断で持ち帰り、元カノさんがそれに気づいたからこそ、『返してきて！』と怒ったのではないか。先輩のお兄さんにしてみれば、映画好きでありトム・クルーズの熱烈なファンであるカノジョを喜ばせるためにしたことだから、思っていたのと違う反応をされて、熱くなってしまったのかもしれない。相手のためにしたことが、結果的にいきすぎた行動につながってしまった——そういうことではないか。

もちろん、これはあくまで彩堂さんの『仮説』であり、真相はわからない。

ただ、ポスター一枚と短い記号の謎を、ここまで具体的に推理してしまう彼女って
いったい……。

そのとき、玄関から別のスタッフが顔を出し、

「かすみさーん！」

と、彩堂さんを呼んだ。

「あら、いけない！　もうこんな時間！」

ただポスターを貼り替えにきただけのはずが、けっこうな時間話し込んでしまった
ようだ。

「本当にごめんなさい！　ありがとうございました！」

声を張って謝罪と感謝の意を続けざまに告げてから、彼女は結局、手にしていたポ
スターをそのまま抱えて館内に戻っていった。

「あの子、何者だよ？」

先輩は、感心しているのか呆れているのか、どっちつかずのため息を漏らす。

僕は彼女の名前を頭で繰り返した。

下の名前、『かすみさん』ていうんだ。

彩堂かすみ――。

ずいぶん変わっているが、素敵な子だった。

「あ！　電車の時間！」

先輩が突然叫んだ。

「まずい！」

僕も声を上げた。

「先輩、走りましょう！」

スーツ姿に革靴の僕たちは、駅のある方角に向かって思いきりアスファルトを蹴った。

3

街の小さな映画館の前で、かすみさんに出会って数日が経つ。

今日は大事な営業回りが立て込んでいた。でも、それをつらいと思ったことはない。新米の自分が頑張ることで高倉先輩ともっとたくさん新規契約をとれるように、そしてこの会社で作っている海産物の加工食品が、もっとたくさんの人に届けられるように。そう思ってむしろ気合が入った。

しかし、会社に着くといつもとは雰囲気が違った。事務所にいた誰もが、なんだか落ち着かない様子だ。窓辺に高倉先輩の背中を見つけた。

「先輩、おはようございます」

背後から声を掛けるが、振り返った先輩は「ああ……」と生返事をした。ひどく浮かない表情をしている。

「どうしたんですか」

「このあと社長から、報告があるって」

「今日、そんな予定ありましたっけ」

「いや、俺もさっき聞いたばかりだ」

「どんな話なんですか？」

先輩がため息をつく。

「経理部長が体調崩して休んでるくらいだから、グッドニュースかバッドニュースかで言ったら、バッドの可能性もあるな」

この職場の重苦しい空気、どうやらただごとではなさそうだ。

その直感は、ずばりそのまま当たってしまった。

従業員一同が会議室に集まったところで、社長が切り出した。

「えー、みんなには大変申しわけないが、今月で工場を畳まなければいけないことになってしまった」

一斉にどよめきが起こった。

「社長、会社はどうなってしまうんですか！」

工場長が叫ぶと、社長は額を流れる汗も拭わず、声を絞り出した。

「本当にすまない」

会議室は騒然となり、社長はもみくちゃにされた。

あとで耳にしたことだが、どうやら地元の漁業が歴史的不漁になり、操業再開が見通せなくなったらしい。うちの工場の加工ラインは地元の海洋資源に頼りきりだったものだから、その影響で窮地に立った。銀行からの借入金の返済は滞り、ついには融資が打ち切られたのだという。

僕は茫然としてしまい、目の前も頭の中も真っ白になった。

「おい、逢原」

先輩が静かに僕の名を呼んだ。

「行こう」

「行くって、どこにですか」

家に帰るしかないということか、とぼんやり思ったが、

「得意先や新規で契約してくれたとこだよ」

先輩の言葉に、返事もできない。

「先方に迷惑かけたことを一刻も早く詫びて回るのが筋だろう。さあ、行くぞ」

結局、その日から毎日、朝から夜まで得意先を訪問して頭を下げ続けた。

ときには苦言、クレーム、お叱りもいただいた。それも仕方ないことだ。先方にしてみれば契約交渉や手続きの労力も無駄となり、仕入れの計画見直しも入るのだ。たまったものではないだろう。

『しょうがないよ。不漁続きで加工ラインの動かしようがなかったんだし。自然現象には逆らえないもんな』

昔からの取引先の社長には、そう言って同情されることもあった。

先輩は、まるですべて自分が責任を負うかのように、くちびるを噛みしめて深々と頭を下げた。もちろん僕も同じことをする。最初は、なんで従業員にすぎない僕たちがそこまでしなければいけないのだろうという反発心もないことはなかった。でも、先輩の姿を見ているうちにその思いもわかる気がしてきた。先輩はただ、筋を通そうとしているのだ。いさぎよく、それでいて自分の仕事に大きなプライドを持っているからこその行動だろう。

その週末、社長から従業員全員に召集メールがあり、みんなで会社に集まった。

社長もいろんな関係先を回り続けていたのかもしれない。疲れ果てた表情で、「本当に申しわけない」と、涙を流しながら何度も繰り返した。

そのときにはもはや、誰も社長を責める人間はいなかった。新入社員の僕にも気さくに声を掛けてくれた社長は、トイレ掃除も工場の機械修理も率先して行う、ひとのよい好々爺《こうこうや》だ。それに、ひとりで立ち上げた会社を従業員十八名という規模にまで成長させたのだから、経営の腕もよかったはずだ。ただ、『歴史的不漁』に端を発した経営の急激な悪化はどうしようもなかったのだろう。

こうして僕の就職した会社は、入社二か月余りでつぶれてしまった。

社長から正式に倒産を告げられた日にも、午後はずっと先輩と取引先を回り、そしてなんとかすべてを訪問しきった。

夕方、先輩との別れ際、

「これからどうするの、逢原は」

身の振り方を聞かれたところで、すぐには答えられなかった。退路を断って見知らぬ地にやってきての新生活、ひとり暮らしを始めた矢先だったのだ。もちろん、いま実家に戻ったとしても、両親は笑顔で迎えてくれるかもしれない。でも僕には、そんなみじめなこと、恥ずかしくてできない。

「ちょっと考えてから帰ります」

そう告げると先輩は、

「いままで、ありがとな」

とねぎらってくれた。

たった二か月だったけれど、こんな先輩について仕事ができてよかった。感謝すべきなのは僕のほうだ。

「困ったことがあったらなんでも言えよ」

「本当にありがとうございました」

高倉先輩は最後まで僕のことを気に掛けてくれた。先輩だって疲れ果てていただろうし、将来のことに不安を感じていたはずなのに。先輩の人柄を思うにつけ、心がじんわりと温かくなった。

日は西の地平線に沈みかけていて、空と大地の間をオレンジ色と金色を混ぜたような薄明りがほんのりと照らす。

最後の得意先を出て先輩と別れたあと、僕はひとり歩いた。

そこからだったら、本当はバスに乗ったほうが家まで早かったが、この日はもう少し外の空気を吸っていたい気分だった。

線路に沿ってゆっくりと、金網を指で弾いていく。電車がすれ違うときには、思わず立ちすくんだ。レールの振動が足から全身に伝播する。こうしてやっと、自分が息をしていることが自覚できた。

太陽がまもなく見えなくなるせいか、建物にも道行くひとたちにもはっきりした影がない。それがなんだか夢の中にいるようで、僕を不安にさせる。

ふと、田舎の家族の顔が浮かんだ。

平凡な自分を、頑張れと送り出してくれた両親。そして、昨年亡くなったばあちゃん――。ばあちゃんはいつだって、僕の味方だった。

中学時代、内気だった僕は、よくクラスのお調子者にからかわれていた。

向こうはたぶんイジメとは思っていなかっただろうし、僕も学校に行くことに絶望するほど気に病んでいたわけではない。でも、ばあちゃんは僕の心を見透かしていたのだろう。詳しいことを話したことはないものの、僕のその日の表情やしぐさで察したのかもしれない。僕においしいものを買ってきてくれたり、食べに連れていってくれたり、わらべ歌の一節を口ずさんで遠回しに、そして控えめに励ましてくれたりもした。

いまの自分があるのはばあちゃんのおかげだと思っている。だからせめて、一生懸命仕事をして一人前になって、ばあちゃんの恩に報いたかったのに。そんなことを頭の中で何度も何度も思いながら歩くうちに、見覚えのある路地にたどりついていた。

視線の先に、先日先輩と営業回りの途中に通りかかった映画館が見える。

昼間見たときにはヨーロッパの洋館か教会のように見えた、あの独特なデザインの建物だ。周囲には温かみのある明かりが灯っている。壁面のざらついたレンガが渋みを出していて味わい深い。

周囲に茂る木々の葉がさわさわとなびいた。

これが契約のとれた日の仕事帰りだったら、まったりとレイトショーなんかを観て帰るのもいいなと思えたかもしれない。でも、今日はそういう気分ではなかった。

はあ、まったく。この先、どうしようか。

考えても何も見えないし、何も浮かばない。答えの出ない不安が頭の中でぐるぐるとループし続ける。

小さな映画館を、ぼんやりと眺めながら突っ立っていると、ひとりの女性が建物から出てきた。たまたま外の空気を吸いにきたのだろう。周囲を意識せずに、両手の指を組んでから、空に向けて気持ちよさそうに伸びをした。

彩堂かすみさん――数日前に出会った、ちょっと変わり者で、映画のことに詳しくて、ときには暴走モードに切り替わってしまう、でも、とてもキュートな彼女だった。

視線を感じたのか、かすみさんが振り向いた。ぱっちりと目が合う。

「あら、やだ」

彼女は無防備な姿を見せてしまったせいか、決まりが悪そうだ。

「かすみさん、先日はどうも」

僕の挨拶に彼女も会釈を返した。

「こちらこそ先日はありがとうございました、逢原さん」

にっこりとほほ笑むかすみさんの顔を、僕はじっと見つめてしまった。

いきなり名前を呼ばれた。たしかにあの日、彼女の暗号解読の推理を聞く途中で名字は名乗った。でも、彼女に名前を呼ばれてはいないし、まさか覚えてくれているとは思わなかった。

「どうしました？　逢原さんですよね？」

彼女が小首をかしげる。

「あ、ええ、そうです。すみません。僕の名前、よく覚えてくれてたなって」

「わたし、記憶力はいいほうでして」

それにしたって、見ず知らずのサラリーマンふたり組と数日前にちょっと会話しただけだし、しかも僕のほうはほぼ付き添いで突っ立っていただけなのに、それで覚えてしまえるものなのか……。

「好きな映画だったら、キャストや役名、スタッフ、使われている楽曲名まで言えますよ」

そうなんだ。

「そういえば、わたし、逢原さんに教えましたっけ、下の名前」

そうだった。かすみさんの胸のプレートには『彩堂』としか書かれていないのに、僕はさっき、無意識に『かすみさん』と呼んでしまった。

「あ、あの、先日お会いしたとき、別れ際に他のスタッフの方から『かすみさん』と呼ばれていたので、つい……」

まだ親しくもない女性をいきなり下の名前で呼ぶなんて、僕にしては大胆すぎた。

「ああ、それで」

かすみさんがにこやかに笑う。

「ここの常連さんやスタッフの方たちからは『かすみちゃん』とか『かすみさん』と呼ばれていますが、逢原さんから言われてちょっとびっくりしましたけど」

やっぱり、馴れ馴れしかったよな。

「すみませんでした、彩堂さん」

僕はすぐに頭を下げた。

「いえ、いいですよ、かすみで。ところで逢原さんの下のお名前は？」

「僕ですか？　ええっと……呼人です」

「素敵ですね」

僕は自分の顔が急に火照るのを感じた。異性から自分の名前を褒められたことなんて滅多にない。

「呼人さんは……仕事帰りですか?」

名前を呼ばれてさらに浮かれそうになったが、そのあと続いたかすみさんの問いに言葉が詰まる。自分の置かれた現実に一気に引き戻されて、思わず苦笑いした。

「ま、まあ……ええ」

とりあえず言葉を濁す。

「よろしかったら映画、観ていきませんか?」

無邪気に笑う彼女を見て、空しく、情けなくなった。

天使のような彼女と、どん底の僕。晴れ渡った星空と、視界不良のどしゃぶり。できればもっと別の機会に話せたらよかったのに。よりによって、なんでこんなメンタルぼろぼろの状態で再会してしまったのだろう。

「いまはそんな気になれないので」

少しうつむいたまま薄ら笑いを浮かべ、力なく首を振るしかなかった。

彼女には、なんだか感じの悪い男だと思われてしまったか。

でも……もう、仕方ない。会社が倒産したのも、このタイミングで彼女に会ったのも、全部運命だったんだ。

一瞬ちらりと目を向けると、かすみさんは胸の前で手を組んで、心配そうに僕を見つめていた。僕は踵を返すと、温かな光に包まれた映画館に背を向けて、とぼとぼと歩き出す。

そのとき、ズボンのポケットに入れていたスマホが震えた。

立ち止まって画面を見ると、高倉先輩からだった。

「あ、もしもし」

『おう、いま、家？』

先輩の声は、夕方別れ際に掛けられた感傷的なそれとは打って変わって、穏やかでのんびりしていた。

「ええっと、まだ、外ですけど、大丈夫です」

背後にまだかすみさんの気配が残っている気もしたが、僕は振り返りもせず、電話の向こうの、先輩の声に集中した。

『俺さ、これを機に、実家に戻ることにした』

先輩の実家って、たしか北陸のほうだと聞いたことがある。

『いまはそこに、両親とじいさんが住んでるんだけど、じいさんも高齢で体調も悪いみたいだし、親父の会社も人手が欲しいようなんだ』

「先輩、その会社で働くんですか」

『ああ、そういうことだ。それから、兄貴が今度結婚することになってさ、そこに一緒に住むっていう話もあがってる。お袋なんて、急に人が増えたら賑やかだけど慌ただしくなるわねえって』

　先輩は電話の向こうで、寂しいはずなのに陽気に笑った。

『そういえば……あの映画館の女の子が言ってたこと、当たってたよ』

「え、どういうことですか？」

　突然伝えられた内容に頭がついていかなかったため、思わず聞き返す。

『兄貴が元カノにあげようとしたポスターの話だよ。作品名も喧嘩の理由も全部あの子の推理通りだった』

「お兄さんに聞いたんですか？」

『いや、兄貴じゃなくて、兄貴の元カノ――じゃなくて、いまは兄貴の婚約者でもうすぐ嫁になるひとに』

　ちょっと、何を言っているのかわからなかった。

『兄貴のやつ、大喧嘩して別れた学生時代の元カノのこと、ずっと諦められずにいたみたい。まあ、独身だったのは関係ないと思うけど。それでも運気が上がったのか、新年会を兼ねた今年の同窓会でたまたま再会して、そこでもう一度アプローチしたんだって。相手のほうも独身で、そこでよりを戻して、とんとん拍子に話が進んで、来月結婚することになったんだと。さっき実家に電話したらその、もうすぐ俺の義姉《ねえ》さんになるひとが言ってた』

そんなことってあるんだ……。

『彼女は曲がったことが大嫌いで、兄貴が映画館からポスターをくすねてきたときには、心から許せなかったらしいんだ』

先輩が深くため息をついた。

『けどさ、時間が経ってみると、あのときは自分もやたら正論ばかり言いすぎたって後悔してたみたい。小さなことで別れちゃったけど、ふたりともずっとそれを引きずってたんだろうな。でもさあ、なんか不思議だよ。十数年も前の話で盛り上がって、会社が倒産したつらさも吹っ飛んじゃうんだから』

そのあとまた、先輩は僕の身を案じてくれ、僕は僕でやせ我慢しつつも大丈夫ですと笑ってみせた。

最後は、『お互い頑張ろうな』と、張りのある先輩の声が印象的だった。

電話を切ったところで、ため息が漏れる。

先輩はいつだって希望を持っていて、自分というものを失わない。それに比べて僕は、何も希望を見い出せないのだから……つくづく自分のことが嫌になる。

ふと振り返ると、かすみさんが先ほどと同じ場所に立ったまま、僕を見つめていた。

4

映画館に入るとき、入り口のガラス面に白くペイントされた『名画座オリオン』という文字が目に入った。

その上に自分の顔も映る。ひどく情けない表情だった。

かすみさんにちょっと休んでいったらどうかと勧められ、もはや丁重にお断りする気力も湧かず、実際のところ、いろんなことが起こりすぎたせいか頭がふらふらしていた。それで案内されるままにロビーに入った。

「ここへどうぞ。少ししたら戻ります」

彼女は入り口脇の長椅子を指してから、受付の奥へ消えていった。

館内は、入り口の右側に受付があり、左方向に横に長いロビーがあった。ずいぶんとこぢんまりしている。

ただ、正面の壁は白を基調としていて明るく清潔感があった。その前にはガラスのショーケース、中にはパンフレットやグッズ類、ケースの奥にはたくさんのチラシが並んでいた。

長椅子に腰かけ、それとなく周囲を見回す。

ロビーには数名のお客さんがいた。何人かは僕と同じようにスーツ姿だ。窓際のテーブルから外の景色を眺めているひと、ソファに身を委ねて目を閉じているひと、本を読んでいるひと、チラシを手に取って熱心に読み込んでいるひと、隅に設置された給茶機で紙コップに飲み物を注ぐひとなど、過ごし方はさまざまだ。みんな次の上映回を待っているのだろうか。

しばらくすると、かすみさんがロビーに現れた。

彼女は僕の前を通り過ぎ、ロビーの奥に続く通路の脇に立った。

「大変お待たせいたしました。二十時十分開始の――」

透き通るような声で次の上映回を案内する。マイクは使っていない。

「整理番号一番から五番の方、順番にお越しください」

好き勝手に過ごしていたお客さんたちが、かすみさんのもとへ集まっていく。そしてひとりずつ、彼女に整理券を渡していった。番号順に入るということは、自由席なのだろう。縦に一列に並んでいたお客さんたちが奥の通路へ消えたと思ったら、いつのまにかかすみさんの姿もなかった。客席で上映前の案内をしているのかもしれない。

ロビーには僕だけが残った。ぼんやりと、正面の壁を見つめる。

受付の近くにはいくつか額に入った小さな写真が掛かっていた。すべてモノクロだった。

壁の中央には、上映作品の紹介文が貼られている。見たところすべて手書きだ。このスタッフたちが書いたのかもしれない。作品に出てくると思われる小道具や、登場人物のイラストを添えているものもあり、温かみがある。

それらを眺めているうちに、かすみさんが戻ってきた。

「お待たせしました」

彼女はそう言って、僕の隣に腰かけた。

受付のスタッフも事務所へ引き上げたのか、ロビーには僕とかすみさんだけになった。

「映画、観なくてすみません」

小声でつぶやくと、かすみさんは首を横に振った。

「そんなこと気にしないでください。わたしがここへお呼びしたのは、失礼かもしれませんが、ヨビ――あ、逢原さんが」

「呼人でいいです」

「じゃあ……呼人さんがどこか魂の抜けたような顔をしていたから……ほっとけなかったんです」

僕はそんなに弱々しく見えたのか。まあたしかに、先ほど入り口ドアのガラス面に映った自分の顔を思い出せば、それも納得だ。

「大学を出て新卒で入った会社が、二か月で倒産してしまったんです。両親には自力で頑張るからって故郷を離れて、ひとり暮らしを始めたばかりだったのに」

僕はなんでこんなところで身の上話をしているのだろう。

ちらりと横を見ると、僕を見つめるかすみさんのきれいな顔が歪んだ。

「どうしました?」

彼女の反応に戸惑った。僕以上につらそうな表情をしている。

「そんなことがあったなんて……わたし……」

僕のことを心配して、それで心を痛めてくれたのか、このひとは。

ふと、ばあちゃんのことを思い出す。

どうしてかわからないが、僕はいつのまにか、これまでずっと心の内に秘めてきたことをぽつぽつと、まだ名前しか知らない隣の彼女に語っていた。

――僕が不登校になりかけていた中学時代、がらんとした夕暮れの教室の中央で、僕とばあちゃん、そして担任の教師の三人で面談をした。

僕のことは、もちろん両親も案じていたが、真っ先に行動を起こしてくれたのはいつもばあちゃんだった。

『みんなが安心して通える学校にしてほしいじゃないか。わたしが直接お願いしてくるよ』と、面談を買って出た。教室では愛想よく、丁寧に僕の状況を説明し、関わっている生徒の家庭にもからかいやちょっかいを控えるように伝えてほしいとお願いしてくれた。その三者面談に応じた中年の男性担任は、子ども同士の悪ふざけであって、相手の子たちに悪意はない、逢原くんがみんなに好かれている証なのだから、勘違いしてそんなに熱くならないでくださいと、とんちんかんな笑いを見せた。そして、

『まあ、多少のモヤモヤはつきものです。いつか時が癒してくれますよ』

最後にそう告げて席を立とうとする教師に、さすがに我慢ならなかったのか、ばあちゃんは怒鳴った。教師より先に立ち上がり、子どもを叱るようにして。

『時が病気だったらどうするんだい！』と。

ものすごい剣幕のばあちゃんを、僕はぽかんと口を開けて見上げていた。

平行線のまま面談を終えたその帰り、ばあちゃんはなぜだか、僕を小さな映画館に連れていった。ちょうどここくらいの大きさの。僕は、そのとき初めて映画館という場所を訪れた。

ばあちゃんはチケットを二枚買った。いまから僕も映画を観るのか、なんてぼんやりと思い、のろのろとばあちゃんのあとをついて客席に着いた。スクリーンまでの距離が近くこぢんまりとしていたが、静まり返った館内と、そっとからだを包むような厚みのあるシートは、ただそこにいるだけでひどく居心地がよかった。

まもなくブザーが鳴り、映画が上映された。

その映画のタイトルは覚えていない。

古い外国の映画で、字幕がついていた。どんなストーリーだったかも曖昧だ。たしか冒頭は、街の人々が空を見上げるシーンだったと思う。映画は白黒だったような気もするし、でも、ひょっとしたらカラーだったかもしれない。僕の心に残っているのは、その映画館を出た帰り道、ばあちゃんが何か詩のようなものをつぶやいていたことと、僕の背中に当てられた、並んで歩くばあちゃんの手のぬくもりだけだった——。


話し終えて、かすみさんを見た。彼女は自分の胸に手を当てていた。なんとなく息遣いが荒い。

「どうしました? 大丈夫ですか?」

心配する僕に、かすみさんは、

「すみません、こんなめぐりあわせがあるなんて」

と頬を上気させて答えた。

彼女はこう続けた。

「よろしかったら、その映画、いまから観ていきませんか?」

「え!?」

驚いた……。いきなり映画鑑賞を勧められるとは。そもそも、ずっと前に観た映画を上映しているなんてこと、あるのだろうか。それに――

「僕はタイトルさえ思い出せないんですよ」

かすみさんが息を整えた。ようやく落ち着きを取り戻したようだ。

「この映画館は、スクリーンがふたつしかありません。しかも、それぞれ五十席程度の小さな劇場です。ここは『名画座』といって、新作ではなく、過去に上映された作品を上映しています」

名画座――。

初めて聞く名前だった。説明されなかったら古い絵画を扱うお店だと勘違いしたかもしれない。

「呼人さんがおばあさまとご覧になった作品、わかりました。その映画、ちょうどこのあと上映するんです。こんなめぐりあわせって……」

めぐりあわせ……彼女はまたその言葉をつぶやいた。

本当は、無職になって先の見通しが立たないときに映画なんて観る気はなかった。ふだん、ただでさえ映画館には行かない。暇つぶしにレンタルすることもなく、せいぜいテレビで放映されていたときにたまたま観るくらいだ。

しかも彼女は、僕の曖昧な記憶の中の作品がなんなのかわかったという。ここがいくら名画座だといっても、映画なんて星の数ほどあるだろう。本当にそれを、いまから上映するというのか。

正直、信じてはいなかったが、それを口にはしなかった。ただなんとなく、かすみさんの『めぐりあわせ』という言葉が気になっただけだ。絶望的なまでに映画に疎《うと》い僕が、人生にも絶望しかけているとき、まだほとんど素性を知らない女の子から映画を勧められたんだ。めぐりあわせなんてものがあるとしたら、ここまでだろう。もう上出来だ。レイトショーの料金を払い、半分やけっぱちな気持ちで座席に着いた。

この映画館の最終上映回。

僕が腰かけたのは、館内のちょうど中央あたり。スプリングの効いた手触りのよいシートは、目を閉じればまどろみそうになる。からだだけでなく、心も深く包まれるような心地だった。予告も流れずしんと静まり返った空間には、僕以外誰も座っていない。

入り口にかすみさんが現れた。

「この回は、どうやら呼人さんの貸切のようです」

「そんなことってあるんですか」

「残念ながら、たまに」

彼女は愛嬌たっぷりに困ったなという表情をした。

「では、ゆっくりとご鑑賞ください」

入り口の扉が閉まってしばらくすると、館内の照明が落ちた。暗闇にからだが溶け込むような、不思議な感覚だった。先ほどまでは気づかなかったが、この映画館にはとても落ち着く特有の香りが漂う。

急にスクリーンが明るくなった。映し出される、古い外国の街並み。いきなりタイムスリップして、別世界にいざなわれた気分だ。始まった作品は白黒だった。

街で空を見上げる人々。

ばあちゃんと観た、かつての記憶がよみがえる。

この物語は、中年男性の姿をした天使ダミエルが、人々の暮らしを眺めるうちに、自分も人間として生活したいと思い始める話だった。

上映が始まってから一時間以上続く、何気ない日常の光景。昔観たときにもぼんやりとしか印象に残らなかったが、いまあらためて観直しても、正直、退屈だった。

劇中、何度か朗読される、ばあちゃんが帰り道で口ずさんでいた詩のようなもの。どうやらあれはわらべ歌のようだが、ばあちゃんは自分で勝手にメロディをつけていたのだろう。劇中の主人公の歌に旋律はなく、低い声音で淡々と独白を聞かされているようだった。思い出が補正されて、何かとても大切な作品だと思い込んでいたのに、実際にはただの古めかしい映画だったのか。たまっていた疲れがどっと噴き出して、眠気でいまにも意識を失いそうになる。

が、そのとき。

一瞬、目の前の映像がカラーになった気がした。

あれ？　かつて観たあのときと同じだ。夢か幻だと思っていた現象がまた起こった。

僕はからだを起こしてスクリーンに向き直った。

ふたたび白黒の映像が続く。やっぱり、見間違いだったのかもしれない。

すると、また画面が色を帯びた。天使ダミエルの目から見る、ひとりの女性の姿。彼は、サーカスのブランコ乗り、アリオンに恋をしていた。彼女を見つめる瞬間だけ、世界が華やかに彩られたのだ。色の満ちた世界で彼女を慈しみたい――そんな彼の願望を表したシーンだった。

そうか、そうだったんだ……。これはただの古い白黒映画ではなかった。

天使になくて、人間だけに備わっているもの。たとえばそれは、味覚、嗅覚、触覚、そして色彩。天使にとってはすべてが憧れだった。延々と続いた白黒の世界は、彩りを渇望する天使の気持ちを描いていたのか。

僕はいつのまにか背もたれからからだを起こし、食い入るようにしてスクリーンに見入っていた。そして物語は、ダミエルの最後の決断を迎える。

天使を捨て、人間になるという選択。ついにダミエルは、人間界で『命』を手にした。

天使にはなく、人間だけが持つ、もうひとつのもの。それは限りある命——寿命だ。天使だったら永遠に生きられるのに。彼はそれをわかっていて、決めた。

彼が人間になって初めて観た世界は……。

そこで、僕は息を飲んだ。それまで白黒だった景色がいきなり色彩を帯びたのだ。

ああ、これだったのか。僕の記憶に残っていた光景は。

男の背後に長く続く壁には、人々が描いただろう絵や文字、メッセージ。ありふれた日常のはずだが、元天使のダミエルにはあらゆるものが新鮮に映った。痛みを喜び、寒さを喜び、苦いコーヒーを喉に流し込んで悦に入る。

彼は人間界で注目していた俳優、ピーター・フォークに会いにいく。名前は知らなかったものの、顔は見たことがある。昔、『刑事コロンボ』を演じていた俳優で、この映画ではそのまま本人役として登場していた。

面白いことにピーター・フォークは、実はダミエルより先に人間になった『元天使』だった。

その事実を初めて知ったダミエルの心境が、セリフと字幕の面白さで胸に残った。

You are. あなたが?

You are. あなたも?

You too. あなたも!

驚くダミエルは、人間界での喜びについて聞いた。すると元天使の俳優ピーター・フォークは、

『自分で発見しろ。面白いよ』

と笑った。

ここに来る帰り道のことを思い出した。

黒と紺と橙と金、自然の作り出すグラデーションで染まった空があった。続く線路、金網の手触り、電車の振動、吹き抜ける風。

高倉先輩の声が聞こえる。そして、ばあちゃんの声も。

これまでふたりから教えられたことは、映画の中でピーター・フォークが口にした言葉と似ている気がした。

急に鼻の奥がツンとして、それがスイッチとなったのか、不意に涙があふれた。

いったい目の奥の、どこにこれほどの水分がたまっていたのかと驚くほど、それはとめどなく流れ、頬を伝い、あごに集まり、胸のあたりにぽたぽたと落ちた。

上映後、暗かった館内は静かであたたかな光を取り戻した。

席を立って入り口に向かうと、ちょうど扉が開き、かすみさんが顔を見せた。

「ドイツを東西に分断していたベルリンの壁が崩壊するのが一九八九年。この作品はその前年、八八年に日本で公開されました。タイトルは、『ベルリン・天使の詩』。わたしも、かつて祖父に初めて観せてもらった映画がこの作品でした。小学校のときだったかな。そのときは祖父と並んで、ちょうどいま、呼人さんが座っていたあたりに掛けていたと思います」

僕は思わず振り返り、先ほどまで自分の座っていたシートを見た。

「映画、どうでした？」

かすみさんの問いに、うまい言葉を探したが思いつかず、ただひと言返した。

「自然と涙が……。とても、よかったです」

「そうですか」

彼女が目を細める。

「なんか、陳腐な感想ですみません。でも本当に、よかったです」

「いえいえ。そう感じていただけただけで嬉しいです。わたし、小学生のころに観たときは、最初、何が起こっているのかわからなくてとても退屈で……正直に打ち明けますと、すぐに寝てしまったんです」

恥ずかしそうにはにかむ表情がかわいい。

「それで、起きたら映画、終わってて。でも祖父は、怒るどころか、がっかりした顔もせずに、わたしにこう言ったんです。

『これから先、何か悲しいことがあったら、観るといい』って」

「二度目は、もう観たんですか?」

「ええ」

彼女は深くうなずいた。

「わたしには、『時が癒す? 時が病気だったらどうするの』っていう、あのセリフが忘れられません」

僕ははっとした。

『時が病気だったらどうするんだい!』

……そうだった。中学時代、面談室でばあちゃんが僕の担任に言い放ったあの言葉は、映画の中の言葉だった。

「それから、映画館を出たときに思ったんです。世界はこんなにも美しかったんだって」

かすみさんがいったい、いつ、どんなときのことを話しているのかはわからない。

でも、彼女の胸の内は想像できた。

映画というのは、時代を超え、国境を越え、世界のさまざまな国の人々の、ありのままの姿や憧れを映す。そして、いつの時代も本当に大切なことは変わらないのだということを教えてくれる。

名画座オリオンを出て、外の空気を吸った。

ふーっと息を吐き、また吸い込む。こんなふうに深呼吸するのは久しぶりだった。

『ベルリン・天使の詩』。

あの作品は主人公に『彩り』をもたらした。それは、視覚的な色彩だけでなく、心に大切なものも。

館内から出てきたかすみさんが、横に並んだ。

彼女と出会ったのは、きっと何かの縁なのかもしれない。

彩堂かすみ――僕に『彩り』をくれたひと。

「昔、ばあちゃんと観た映画。まさかまた観られるなんて、思ってもみませんでした。こんな奇跡、あるんですね」

「それが奇跡だと思えば、なんでも奇跡ですよ。わたしと呼人さんがいまここでお話ししていることだって」

僕は彼女を見つめた。

その温かなまなざしに、また、熱いものがこみ上げてきそうになったので、恥ずかしい顔を見られる前に挨拶して帰ろうと思った。

「今日はありがとうございました。じゃあ。これで――」

「あの!」

するとかすみさんが勢いよく身を乗り出した。

「おせっかいだったらすみません。その……」

何か話しにくいことだろうか。そういえば、オリオンに入る前に高倉先輩からあった報告を、まだかすみさんに伝えていなかった。それにしても、全部彼女の仮説通りだったのは驚きだ。

「次のお仕事が見つかるまで、よろしければここでアルバイトしませんか」

考えてもいなかった意外な提案をされ、僕は言葉に詰まった。

「チャップリンの映画『ライムライト』にこんなセリフがあります。

――『人生に必要なのは、勇気と想像力。それと、ほんの少しのお金です』」

かすみさんが顔をほころばせる。

彼女を見ていると、僕の心に希望が灯る。

たしかに、明日からのことは何も決めていなかったし、実家に帰るという決断もまだできない。やれるかぎり、できれば家の近くで次の仕事は探したい。少なくともいま契約しているアパートの家賃と食費くらいは稼がないと生きていけないし。

だからそれまで、つなぎでアルバイトは必要だろう。そうなると、ここで働くのもアリかもしれない。

でも……大きな心配事がふたつある。

「チャップリンて……ひとの名前ですか」

「ん？」

かすみさんが笑顔のまま、小首をかしげて石化したように固まってしまった。

「すみません、僕は絶望的に映画を知らないんです。まして、名画座で上映するような古い映画なんて観たことがありません。かすみさんにもお客さんにも、きっと迷惑をかけてしまいます」

僕が一気に不安を吐き出すと、彼女はふうっと息をついてから目を細めた。

「大丈夫ですよ、勇気と想像力があれば。映画に特別な知識なんて必要ありません。呼人さんが本当にオリオンを気に入ってくださったら、そのときはチャップリンを、ご一緒しましょう」

だからその、チャップリンってなんなんですか……なんて、恥ずかしくて口に出せない。

「ご厚意には、とても感謝します。でも、その……」

ふたつ目の不安が頭をよぎる。

「かすみさん、いきなり僕なんかを雇ったら、勝手なことをするなって上の人に怒られませんか」

失礼な気もしたが、思いきって聞いてしまった。

すると彼女は、一瞬ぽかんとした表情をしてから、

「大丈夫です。わたし、ここの支配人ですから」

と満面の笑みを見せた。

第2話　目を閉じても見えるもの
（『サウンド・オブ・ミュージック』）

1

昨夜からずっとそわそわしてなかなか眠れず、寝不足のまま朝を迎えた。

服装はカジュアルで構わないと言われていたが、なんとなく落ち着かない。なにしろ、これまでの二か月、営業の外回りは常にスーツだったから。とりあえず、白のポロシャツにチノパンツという格好で家を出た。

近所からバスに乗り、JRと接続する終点のターミナルで降りる。

大勢のサラリーマンやOLが速い足取りで行き来していた。先日までの僕は、彼らと群れをなすように同じスピードで歩いていたのだろう。今日はその光景を他人事のように見ているからか、自分のまわりだけ時間の進みが遅くなった気がする。

地下道を抜けて、街中を歩いた。ビルやホテルが連なる幹線道路を一本外れると、急に景色が変わり、人通りも減った。

青々と茂る木々の枝で小鳥がたわむれ、カフェの前では軒先に出されたテーブルで女性たちがくつろいでいた。アンティークショップのショーウィンドウはきらきらと光り、児童公園では子犬を連れたお年寄り夫婦が談笑している。いつもなら見過ごしていた、瑞々しい光景。

気づけば世界は色を持つ。

先日観た映画の主人公・ダミエルと、同じ気分になった。

ちょうど、その素敵な作品を鑑賞した場所が見えてきた。

味わいのあるレンガ塀と、円柱や角柱を組み合わせた独特なデザインが印象的な建物――『名画座オリオン』。

周囲の青葉が風に揺れる。まるで、手を振り僕を出迎えてくれているようだった。

鍵を持っていないので、従業員用の通用口ではなく、先日同様、正面のドアに立った。ただし、今回はお客さんとしてではない。

今日は僕の、初出勤日だ。


入り口は開いていたものの、ロビーにはひとの気配がなかった。

道路に面した左手側は全面ガラス張りで、外からやわらかな光が射し込み、白壁を照らす。

しんと静まり返っているが、寂しげではない。むしろすがすがしい。高校時代の、日直のために早出して向かった、早朝のまだ誰もいない教室のドアを開けたときの感覚に似ていた。

「おはようございます」

周囲をうかがいながら、小声で呼びかけてみた。反応がない。そのまま静かに中へ入ると、決して広くはないロビーの中央に立つ。

先日の夜の出来事を思い出した。

――あの日は『まさか』の連続だった。

記憶のはっきりしない、かつてばあちゃんに連れられて観にいった映画、『ベルリン・天使の詩』を、まさかここで鑑賞することになるとは。

そして次のまさか。映画館の支配人だというかすみさんから、いきなり仕事の誘いを受けた。出会って二度目で。

彼女はたぶん、よほど僕のことを案じてくれたのだと思う。あの日はたしかに、会社の倒産でメンタル限界の大ダメージを受けていた。それが顔からにじみ出ていたかもしれない。ただ、あまりに唐突な提案だったため、そのときは当然考えなどまとまるわけもなく、

『え、あ、あの……』

としどろもどろの返答をしてしまった。

さすがにかすみさんも僕の困惑ぶりに気づいたようで、

『すみません！　いつもこんなことしないんですが、なんだかほっとけなくて。あ、

いえ！　偉そうにすみません、一方的に』

と何度もぺこぺこと頭を下げた。そして、

『お給料とか仕事内容のご説明もせずに、非常識ですよね』

と、恐縮しながら事務所に向かい、すぐに一枚の紙を手にして戻ってきた。

『もし希望していただけるようでしたらご連絡ください』

渡された用紙は求人の募集要項だった。

とりあえず、そこではそのまま別れ、アパートに帰ってから内容を確認した。

時給は高くはなかったものの、長時間まとめて働けることは魅力的だった。それにいきなり専門的な仕事を任されるわけでもなさそうだ。

流しの横の冷蔵庫と、布団しか置いていない殺風景な部屋を見回した。無職のままではここの家賃も払えないので、正規の職を探す間、何かアルバイトはしなければならない。

ただ、それでもすぐには決断できなかった。なにせ、これまで映画にはてんで縁のない人生を歩んできたから。そんな自分が映画館で働くなんて、まったくイメージが湧かなかったのだ。

翌日も、どうしたものかと悩んだ。

かすみさんの顔が浮かぶ。初めて出会った日、大切そうにポスターを抱えて声を掛けてきた彼女。かわいらしい姿に胸が高鳴ったのは否定できない。高倉先輩が話したポスターの謎を解いた彼女の、スイッチが入ったかのごとく夢中に語る姿。「素」の状態とのギャップが印象的で、それが彼女の魅力でもあった。

そして、記憶の中に眠っていた大切な映画を、ふたたび僕と引き合わせてくれた。

ひょっとしたら、これも何かの縁か、運命なのだろうか。

あれこれ考え始めてから、さらに三日経って、僕はついに連絡をとった。

電話に出たかすみさんは、まるでそのとき僕から掛かってくるのを知っていたのではないかというくらい、自然で、穏やかだった。

『では、楽しみにお待ちしています』

温かな声。

それにしても、そんな彼女が――まさか、この映画館の「支配人」だなんて……。

最初はさすがに聞き違いか冗談だと思ったが、求人の募集要項の末尾にはたしかに、

『名画座オリオン　支配人　彩堂かすみ　Saido Kasumi』と記されていた。

アルバイトの女子大生ではなかった。本当に、まさかのまさかだ――。

今日から自分がここで働くのだと思うと、妙にそわそわした気分になる。

そのとき、受付の奥の事務室から、かすみさんが現れた。手にしたファイルをせわ

しなくめくりながらやってきた彼女は、僕の存在には気づいていないようだった。薄手の白いニットに黒いジャンパースカートを重ね、長い髪はシュシュで束ねている。見た目はかわいらしいお嬢さま、という感じだったが、その表情はとても真剣だ。

「おはようございます」

　そっと声を掛けると、

「きゃっ！」

　彼女の肩が跳ね、手にしていた台帳がその手からこぼれた。

「おっと！」

　床に落ちる前に、僕がなんとかギリギリでキャッチする。

「驚かせてしまってすみません」

　肩をすくめながら台帳を手渡した。

「いえ、こちらこそ気づかず、すみません」

　胸を撫でおろしたかすみさんの顔に笑みが浮かぶ。

「おはようございます、呼人さん」

　こうしてあらためて下の名前で呼ばれると、なんとなくくすぐったくて、むずむずした感じがする。

「えっと、あの――かすみさん。今日からよろしくお願いします」

僕は背筋を正してから深くお辞儀をした。

「や、やだ、そんなかしこまらないでください」

彼女がまごまごしながら低姿勢になる。

そう、そういえば、もうひとつのまさか。

僕より年下、大学生くらいだと思っていたが、かすみさんは僕の三つ上だと言った。

よかった、偉そうな口を利かなくて。

2

朝の初回上映が十時スタートのため、今日はその二時間前――八時から、業務内容のレクチャーを受けることになっていた。かすみさんの他に、まだスタッフは出勤していない。僕は、ふたりきりか？……とちょっと浮足立ったが、いっぽうの彼女は完全に仕事モードだった。

他のスタッフが出勤するまでの一時間ほどで、各種業務を覚えてほしいと業務リストを渡された。どうやら浮かれている暇はなさそうだ。

「受付はわたしや他のスタッフが行いますね。呼人さんには当面のあいだ『フロア』をお願いします。チケットを購入されたお客さまにしばらくロビーでお待ちいただきます。上映開始の五分前から番号順にお呼びしてください。その際に、番号カードを受け取ります」

テキパキと話す姿はまさに支配人という感じだ。

「先日のかすみさんの動きを真似ればいいんですね」

「ええ！　そうです」

初めて館内に入ったあの日、彼女がお客さんたちから整理券らしきものを受け取っていたのを思い出した。いままで行ったことのある映画館はどこも指定席だったので、自由席というのは新鮮だった。

それからかすみさんは、ロビーから客席に向かう通路——ここをホワイエと呼ぶそうだ——に僕を案内した。

「二階建ての一階が映画館で、二階は和室や会議室があります。ちなみに上へは受付手前のエレベータか階段で上がります。二階からは屋上にも出られるんですよ」

正面入り口を入って右手に、たしかにエレベータホールがあった。

「和室や会議室っていうのは、どういう目的で作ったんですか？」

二階が映画と関係のないフロアなのは、意外だった。

「文化振興のための、市民講座や地域のセミナーを行っています。といっても、わたしの仕事はおもに場所の提供、貸し出しの手続きが中心です。二階の事業は市の補助で行っていて、正直、そこでの利益はほとんどありません。ただ、祖父が創業した当時から、社会貢献こそが名画座オリオンの信条なんです。うちのような小さな映画館は地域の皆さんに支えられてこそ経営が成り立つので、その恩返しもしたくてずっと続けています」

なんてまっすぐな目をするんだろう、このひとは。

「もちろん、講座やセミナーに参加された方が、ついでに映画もご覧になってくださいますし」

そう付け足してはにかむところも、お茶目でかわいかった。

「先日もお話ししましたが、この劇場の一階にはスクリーンがふたつあって、いずれも五十席ほどです」

順番に客席をのぞくと、どちらもおおよそ同じ作りになっていた。

すぐに違いに気づいたのは、シートの色と種類くらいだ。「シアター1」は前方と後方で、「シアター2」は中央と左寄り、右寄りとで、異なる色と種類のシートが並ぶ。

「ひとつの劇場にいろんなシートを置いているのはかすみさんのこだわりですか？」

いびつな印象はなく、カラフルで、面白いレイアウトだと感じた。中には革張りの豪華な仕様のシートもある。

しかし、彼女は否定するように手を振った。

「いえいえ、こだわりだなんて……全然そういうわけじゃないんです。これにはいろいろと事情がありまして……また落ち着いたらお話ししますね。えっと、当館は飲食物の持ち込みはできませんので――」

その後、案内アナウンスの仕方、ロビー、トイレの清掃時間と用具の場所、ダストボックスの整理について説明を受けた。この映画館に飲食物の売店はなく、かわりにロビーの隅に無料の給茶機と紙コップが設置され、ここでお茶やお水が自由に飲める。

かすみさんは支配人という立場だけれど、よくよく聞くと、事務だけではなく、受付もお客さんの館内への誘導もトイレ掃除も、なんでもこなしているようだった。このひとは、なんてすごいんだろう。他に社員は映写技師がひとりと、あとは学生や主婦のアルバイトスタッフ数名で回しているという。


ひと通りやるべきことを確認した。思っていたよりも、なかなか大変な仕事だ。

上映開始の一時間前。

僕は受付奥の事務室に通された。そこは十二畳ほどのスペースで、中央に脚の短いテーブル、両側にはソファ。受付側の、入ったすぐ脇には事務デスクとパソコン、奥には冷蔵庫と洗面台、そしてコンロのついた小さなキッチンもあった。右手の壁には背の高い棚が並び、中にはおびただしい数のファイルと、百以上のレターケースがあった。

他に、木製と金属製、ふたつの扉が並ぶ。右側の木製のドアには「STAFF ONLY」と書かれている。そしてもうひとつ、金属製のほうは「映写室」とあった。

勧められて、いっぽうのソファに腰をおろした。かすみさんが向かい側に座る。

「いつもならそろそろ他のスタッフさんたちが来るころですが、今日は午後からのシフトなので、ボックスとフロアはわたしと呼人さんで行いますね」

「え、いきなりですか」

頑張るつもりはあったものの、ふたりだけでとなると責任は重い。

「大丈夫です、気楽にいきましょ」

ふう、とひと息ついたかすみさんは、うーん、と伸びをした。細くきれいな二の腕が露わになった。同時に胸の膨らみが強調される。

先日、この映画館の前の道で見かけたときにも、彼女は無防備なしぐさをしていた。このひとは、それが異性の目を集めるとわかっているのか、それとも天然なのか。いや、ただ単に僕を異性として認識していないだけかもしれないけれど。

目のやり場に困り、ふたたび部屋を見回した。実は少し気になっていたものがあった。部屋の隅に、なぜかピアノが置かれているのだ。この空間にあるのは不自然な気がしたが、さっき聞いた異なる種類や色のシートのように、何か事情があるのかもしれない。初出勤で根掘り葉掘り聞くのもはしたないと思い、とくに触れずにおいた。

それに、もっと気になることがある。

一番の疑問――それは、なぜかすみさんが支配人をしているのか、だ。

だって、僕とたいして違わない年齢の彼女が、ひとつの映画館を経営しているのだから。

「あの、かすみさん」

「はい？」

せっかくのふたりきり。思いきって聞いてみよう。

「かすみさんはどういういきさつでここの支配人になったんですか？」

彼女は何かに思いを馳せるような表情で事務デスクを振り返った。

「オリオンは、祖父が遺してくれた――わたしに託してくれた場所なんです」

よく見ると机の上に、写真立てがあった。そこに写っている、老紳士と制服に身を包んだ女の子。おじいさんはすでに亡くなっているのか……。写真のかすみさんは高校生のころだろう。ちょうどこの映画館の前の通りで撮ったもののようだ。空はからりと晴れ渡り、ふたりの顔が日に照らされて輝いている。

「制服姿、かわいいですね」

「え……」

写真からかすみさんに目を戻すと、彼女の耳たぶが熱を帯びていた。頬も赤い。

「あ、いえ、その、変な意味じゃなくて！」

心の声がつい、無意識のうちに口から漏れてしまった。ただ『かわいい』って伝えるのならまだしも、『制服姿、かわいいですね』って……わざわざ強調する必要もないのに、何を言ってるんだ、僕は。

「ところで、ご両親は？」

取り繕うつもりで話題を変えてみた。

しかし、かすみさんは眉をへの字にして、反応に困ったような顔をした。

なんだろう、まさか、触れてはいけないことだったのだろうか。

「いまは遠くに」

彼女が小さくつぶやく。

「海外とかですか？」

続けた僕の問いに、かすみさんは「うーん」と考え込み、

「たぶん、そうだと思います」

と答えた。

「たぶん？」

「すみません、よくわからないんです。覚えていないことも多くて」

ああ、僕は本当にデリカシーがない。ひとにはいろんな事情があるものだろう。僕だって、学生時代引きこもり気味になった経験もあれば、就職したとたん無職になってるし、そういうことに土足でずかずか踏み込まれたらいい気はしないのに。

「こちらこそすみません」

「いえ」

彼女は戸惑いの色を浮かべたままうつむいた。

しまった。気まずい。初出勤なのに。

「あ、あの、かすみさんの趣味ってなんですか？」

その場の重い空気を変えようと、とっさに思いついた質問をした。なんとも唐突で、聞いていることはずいぶんとありきたりだったが。

彼女が顔を上げたとき、

「受付はもう、できるかね」

ロビーから声がした。

まだ開館まで時間があるため、事務室のドアは開け放してあった。

振り向くと、受付カウンターの向こうに痩せた男性が立っていた。ハンチング帽にサングラスを掛けていて、総白髪。顔にはシミとしわが目立つ。

「はい、ただいまうかがいます」

かすみさんがさっと立ち上がると、接客の顔になって受付へと向かった。

チケットを用意している間、お年寄りはなにやらかすみさんに話しかけ、かすみさんも気さくに応じていた。ときおりふたりの笑い声も聞こえる。常連のお客さんなのかもしれない。

受付を終えて事務室に戻ってきた彼女は、

「先に映写室の準備をしておくので、呼人さんはその間、フロアをお願いします。まだ他のお客さまはいらっしゃらないと思いますが、念のため」

「わかりました」

僕はもらったばかりのネームプレートを首から提げると、ロビーに出る。

先ほどのお年寄りは、ホワイエにもっとも近い長椅子に腰かけ、白壁に貼ってあるポスターを眺めていた。

僕は近くまで歩み寄ると、

「何かお困りのことがありましたら、なんなりとおっしゃってください」

と声を掛けた。

ハンチング帽のお年寄りははっとした様子で振り向き、

「君はスタッフかな」

と聞いた。

首から提げていたネームプレートを顔の前に掲げる。

「今日からここでスタッフをします、逢原です。よろしくお願いします」

「わたしは、新藤《しんどう》。よろしく」

意外にも、丁寧に名乗ってくれた。

「まだ新米で至らない点も多いかもしれませんが、なんなりとお申しつけください」

「わたしもここは昨日数年ぶりに来たところでね。家はすぐ近くで歩いてこられるのに、映画はもう何年も観てなかったんだよ」

なんと返事をしていいのかわからなかった。僕も同じです、ははは、なんて言えるわけないし。とりあえず曖昧に笑ってその場をやり過ごした。

新藤さんはふたたび壁のほうを向いた。

ちょうどそこに貼られていたポスターは、本日上映の作品だった。

「今日はあの作品をご覧になるんですか？」

そう言って僕がポスターを指差すと、

「ああ、『ロシュフォールの恋人たち』は昔封切られたときに観て以来でね。細かな内容は忘れてしまったが、フランス映画とはずいぶん洒落たものだと感心した記憶がある」

と、映画についてしみじみと答えた。

ただ、僕は少し混乱した。新藤さんはフランス映画について語っていたが、視線の先にあるポスターは、西部劇だ。もちろんそちらも『ロシュフォールの恋人たち』の上映開始後、もういっぽうのシアターで上映される予定ではあるが。

さすがに作品を取り違えているわけではないだろう。目の前にある景色でも、見ているようで意外と認識していない。別のことを考えていれば、そんなことは誰にでもありそうだ。

そうこうしているうちに、かすみさんが受付に現れた。すると同じタイミングで、お客さんも次々と来館した。平日の午前中ということもあってか、年配の方が多い。ご婦人たちは互いにほとんどが顔馴染みのようで、世間話に花を咲かせていた。まるで公民館かサロンのようだ。

僕がホワイエに続くロビーの端で待機していると、そのうちのひとりが新藤さんに気づいて寄ってきた。

「あらあ、新藤さん。お元気ですか？」

「ああ、久しぶりだね」

笑いかけるご婦人に対し、新藤さんも手を振って応じた。

「いま、おひとりなんでしょう。何かお困りのことなんかはありません？」

そうなんだ。新藤さん、ご家族とは住んでいないのか……。

「いやいや、大丈夫。洗濯物も自分で畳むし、料理だってするよ。ボケ防止にはそれくらいがちょうどいいから」

「そうですか、それならよかったわ。またいつでも声掛けてください」

「ああ、ありがとう」

「じゃあ、失礼しますね」

ご婦人は軽く会釈してから、ふたたびもとの集団の輪に戻っていった。

新藤さんは先ほどと変わりなく、そのまま壁のポスターを眺めている。

ずいぶんと高齢に見えたが、それでも自分で家事や炊事をこなしているとは。僕はあれくらいの歳になったときに、はたして同じことができるだろうか。

そんなことを考えていると、受付のかすみさんと目が合った。彼女は背後の掛け時計を指差す。おっと、ちょうど入場開始時刻だ。

僕は息を整えると、ロビー全体に聞こえるよう、案内を始める。

「それではただいまより――」

3

初回の上映が終わり、ホワイエにお客さんたちが出てきた。

入場も滞りなくできたし、あとは無事にお見送りできれば今日の初仕事は第一段階クリアだ。

僕は開いた扉の脇で、「ありがとうございました」と丁寧にお辞儀をする。みんな、なんとなく幸せそうな顔をしていた。まだ作品の余韻に浸っているのかもしれない。

しかし、最後に出てきたお客さんだけがひとり、ムスッとした顔をしていた。

白髪交じりの短髪に野球帽をかぶった、恰幅のいい六十代くらいの男性だ。口のまわりにひげを蓄えている。背は高くないが胸板が厚く、腕は丸太のよう。なにやら、ぶつくさと独り言をつぶやいていた。

本当はこのあとすぐに座席の清掃をするべきだったが、僕はどうしても野球帽のおじさんが気になって、あとを追った。

ロビーに出ると、ご夫婦や友人同士で訪れた方たちが、ちょうどいま鑑賞した作品について語り合っていた。誰もが笑顔で楽しそうだ。

そんな彼らから少し離れた窓際に、野球帽のおじさんはいた。他のひとと話しているわけでも、ポスターやパンフレット、あるいは壁の掲示を見るわけでもなく、そしてそのまま帰るわけでもなく、ただその場に立っていた。こちらには背を向けていて表情は見えない。

いったいどうしたのだろうと観察する。すると、どうやらおじさんはエントランスの外の、劇場をあとにする人物に向いているようだった。後ろ姿ではあったが、よく見ればその人物は見覚えのあるハンチング帽をかぶっている。

新藤さんだった。

僕は静かに野球帽のおじさんの脇に回って、その横顔を見る。

ドキリとした。ずいぶんと苛立った表情を浮かべていたからだ。

どうにも気になり、思わずおじさんに声を掛けた。なるべく穏やかに、それから笑顔で紳士的に。

「どうされましたか?」

「んあ?」

おじさんは僕を見ると、不意を突かれたようにへんな返事をした。ハスキー犬のように鋭かった眼光がブルドックの目くらいには落ち着く。

「ああ、さっきの上映中、あのじいさんにちょっとイライラしてな」

やはりあの、窓の外をゆっくりと去っていく新藤さんに対して不満があるようだ。

「もしかして、上映中の迷惑行為でしょうか」

かすみさんからは事前に、場内の禁止事項を聞いていた。電源を切り忘れていた携帯電話が上映中の、それも感動的なシーンで鳴ってしまったり、あるいは静まった中でお客さん同士がおしゃべりしたり、そういうことによるトラブルはたまにあるようだ。もちろん防止できるように、上映開始前にはそれらの注意事項を直接場内でお伝えしている。

ただ、野球帽のおじさんが気に入らなかったのは、僕が想定していた迷惑行為とは違った。

「さっきのじいさん、たまたま俺と隣の席になったんだけどさ。上映前に、じいさんの向こう隣に座った客がチケットを落としてな。それがじいさんの足元に来たんだが、ピクリともしなくて。ずいぶん冷たいじゃねえかと思いながら、俺が拾ってやったんだ。まあ、それくらいのことはいい。ただささ、映画が始まってからも、サングラスを外そうともしないし、全然動かないからさ。気になって何度か様子をうかがってたんだよ」

「はあ……」

映画に集中したらいいのにと思ったが、当然そんなこと、口にはできない。

「そうしたら、あのじいさん、エンドロールまでずっと目を閉じてたんだぜ。わざわざ金を払って観にきたのに、寝てたのかよって。まったく、腹立たしくてな」

口調は乱暴なものの、野球帽のおじさんの声のトーンが抑えめだったのは幸いだ。新藤さんと直接口論になっていたり、もしここで喚き立てられたりでもしたら、他のお客さんの迷惑にもなっただろう。

鬱憤《うっぷん》を吐き出したことで、苛立ちも治まってきたのか、

「まあ、そういうことだ」

おじさんは、あっけらかんとした表情に戻った。そして、

「ところで兄ちゃん、新入りだな」

急に僕の胸のネームプレートに顔を近づけて凝視する。

「ええ」

「だったらこんなところで油売っててていいのか？　次の上映までに館内清掃しないとまずいだろ」

「あ、はい！」

虚を突かれた僕は、思わず声が裏返ってしまった。

そうだ、早く終わらせないと入れ替え時間に間に合わない。あのおじさん、絶対この常連客だな、と思いつつ、急いで客席に戻った。

なんとか時間内に座席まわりの清掃を終え、事務室に戻る。

そこにいたのはかすみさんひとりだけで、なにやら事務デスクのパソコンとにらめっこしていた。

「おつかれさまです」

声を掛けると、彼女が顔を上げた。

「あ、おつかれさまです。初仕事はどうでしたか？」

「はい、フロアや清掃は大丈夫そうです。作品鑑賞後のお客さんたち、皆さん楽しそうに出てくるのも印象的でした」

「映画っていいですよね。スクリーンに向かえば一瞬で別世界にいざなわれるんですもの。行く先は田舎だったり、見たこともない国だったり、大昔だったり、未来や異世界だったり。時間も空間も超えてその物語の中に飛び込めて。何にも遮られることなく至福の時間を過ごせるのが映画館で鑑賞する醍醐味です」

うっとりとした表情のかすみさんを見て、このひとはやっぱり、心の底から映画が好きなんだな、とあらためて思った。

「あ、そういえば……」

話に水を差すわけではなかったが、僕は念のため、先ほど会った野球帽のおじさんとのやりとりを報告した。

彼女はじっと僕の話を聞いてから、

「もう、ロッキーさんたら」

と、頬をむっと膨らませた。

「ロッキーさん？」

かすみさん、あのおじさんのこと知っているんだ……。顔馴染みということは、やっぱり常連客なのかもしれない。

「あ、ロッキーさんというのはあだ名というか、愛称のようなもので、本名は轟《とどろき》さんといいます」

トドロキだから、ロッキーなのか。

「そういえば、『ロッキー』っていう映画、ありませんでした？」

観たことはないものの、有名な映画なので名前だけは聞いたことがあった。

「不屈のボクサーの代名詞のようにもなっている、シルベスター・スタローンの代表作ですね」

かすみさんの顔が生き生きとした。

「一九七六年の一作目から、実に六作も続いている人気シリーズで、なんと主演の彼が脚本を書いていて、『2』から『4』と六作目の『ロッキー・ザ・ファイナル』では監督も務めています。六作目は劇場公開版とディレクターズカット版で勝敗の異なるエンディングが用意されているのも面白かったですよ」

ちょっと触れただけだったのに、彼女はすらすらと解説してくれた。

「ちなみに、ロッキーさんも若いころボクシングをやっていて、学生チャンピオンにまでなったようです」

あの常連さん、ずいぶん太い腕をしていると思ったら、そういう経歴だったのか。

「それはそうと、新藤さん、ここには昨日数年ぶりに訪れたって言ってましたけど。かすみさん、新藤さんのことはご存じでしたか？」

「いえ、わたしも昨日初めてお見掛けして、それより前にはお会いしていません」

「ずっと疎遠だった新藤さんが、昨日今日と連日来ているのって、何か理由があるんですかね？」

僕は思った疑問をそのまま口にした。

「昨日から始まった特集上映のせいかもしれません」

「特集上映？」

「ええ、同じ監督だったり同じジャンルだったり、わたしがテーマを決めて選んだ五本の作品を定期的に上映しているんです。今回の特集上映は日によってそれぞれの上映時間を変えているので、毎日午前なら午前に足を運んでくださると、五日間ですべての作品が観られるようになっています」

　そういう企画やプログラムも彼女が自分で考えているのか。ああ見えて、さすが支配人だ。

「ちなみに新藤さんは、毎日午前の上映回に来られます」

「ひとりひとりのお客さんのことまで、よく覚えていますね」

「わたし、記憶力はいいほうなので」

　かすみさんが白い歯を見せた。

　それにしても、新藤さん――毎日観に来るほどならば、かすみさんセレクトの特集上映を楽しみにしていたに違いない。

　それなのに、なんで上映中ずっと寝ていたんだろう。

　もうひとつ、そういえば轟さん――ロッキーさんのことで思い出した。入場時に、あの人から整理番号カードを受け取った記憶がないのだ。

　本来、受付ではチケット購入時に必ずカードを渡しているはずで、それは会員でも同じだ。お客さんは会員証を提示して鑑賞作品を告げれば、同じように整理番号カードを受け取ることになる。

　だったら、なぜ……。

　午前上映の『ロシュフォールの恋人たち』入場完了時、整理番号カードは十八番までだったのに、上映開始時に座席についているお客さんの人数を数えたら十九人いた。

ひとり多く座っていたのだ。

番号カードを受け取ったのに紛失したか……いや、たしかにあのとき相当注意して確認しているから、それはない。入場時はお客さんに一列に並んでもらい、番号順に入場していただくため、受け取るのを忘れるなんていうミスもないはずだ。いったん入場したひとが、その後座席を離れる姿も見ていない。

それなのに、整理番号とお客さんの数が合わなかった。そして、ロッキーさんからは番号カードを受け取っていない。そうなると考えられる可能性は——

ロッキーさんの無銭鑑賞？

マジか。

それにしたって、じゃあ、いったいどうやって客席に着いたんだろう。

始まって五分後には、僕はお手洗いの清掃に移った。だからたしかに、ロビーからホワイエにかけては無人になった時間もあるかもしれない。

でも、どうだ……先ほどロッキーさんが言っていたことを頭の中で再生する。

『上映前に、じいさんの向こう隣に座った客がチケットを落としてな』

あの言葉に偽りがあるとは考えにくい。上映中のことであれば足元は暗くて見えないはずだし。

とりあえず、かすみさんにもう少し詳しくロッキーさんの素性を聞いてみようかと思った、そのとき。

「ぐうぅ」

僕の腹部が情けなく鳴った。

「おなか、すきましたよね。お昼、ご一緒にどうですか？」

かすみさんが目を細めた。


今日のシフトは、ちょうどかすみさんと僕が同じ時間帯で昼休憩をとれるようにしてくれていたらしく、僕は彼女に連れられ、オリオンの受付脇から螺旋《らせん》階段を上って屋上に案内された。

「わあー」

思わず声を上げてしまった。

見上げれば、透き通った空に、綿菓子をつまんだような雲がのんびりと漂っている。さわやかな風が頬をくすぐるように吹き抜けた。やわらかな日差しも気持ちいい。

屋上の半分はエアコンの室外機などが設置され、柵で囲われている。そしてもう半分のスペースには庭園が広がり、ベンチも置かれていた。

こんな街中にありながら、あたりが一望できるポイントがあったとは。近隣に高層ビルやマンション、デパートなどが並ぶ中でなんとも貴重だ。

かすみさんと並んでベンチに座る。

彼女がランチボックスを開いて僕たちの間に並べた。昼は近くのコンビニでおにぎりでも買おうと思っていたのだが……。

「おお！」

またしても、感動の声が漏れた。

なんとそこには、手作りサンドウィッチがあった。

「呼人さん、初めてのお仕事なので」

かすみさんがはにかむ。

本当はたぶん、無職だった僕の懐事情を察してくれたのだろうけれど、でも、でも

……めちゃくちゃ嬉しい。

情けないことに、ときめきでサンドウィッチを取る手の震えがなかなか止まらない。

ただ、かすみさんはそんな僕の心の内など気にすることもなく、今回セレクトした特集上映の映画について語り出した。

「今日の午前に上映した『ロシュフォールの恋人たち』は、ミシェル・ルグラン作曲の『双子姉妹の歌』や『キャラバンの到着』が流れるシーンが楽しくて、パステルカラーが鮮やかにスクリーンを彩ってとってもおしゃれなんです！　それから、一九六四年の『マイ・フェア・レディ』も面白いですよ。アカデミー賞の作品賞も獲ってい

ますが、なによりヒロインはあのオードリー・ヘプバーンですから。呼人さん、その女優さんはわかります？」

　かすみさんの口から次々と出てくる作品名や曲名はまったく知らなかったが、さすがの僕でもオードリー・ヘプバーンなら知っている。

「ああ、あの『ローマの休日』の」

「そうです！　よくご存じで」

　かすみさんに褒められて嬉しかったものの、タイトルを知っているだけで観たことはない……なんてことは、言えない。

「その『ローマの休日』のウィリアム・ワイラー監督が撮った『ファニー・ガール』もキラキラしてて好きです。ちょっとだめな彼にはイライラしちゃうときもあるんですけど、ヒロインがお茶目でキュートでひたむきで！　だから心から応援してあげたくなるんですよ！　それなのにラストは……。ああ、もう、思い出すたびにぐっときちゃいます」

　彼女はひとりで興奮したり、うっとりしたり、もどかしい思いを爆発させたりとなかなか忙しい。おかげで手に持ったサンドウィッチは一向に減らなかった。

「それから、わたしの一番のお気に入りの作品は――」

と、今度はマイペースに鼻歌を歌い出した。

m―mm―mm―m―m―

それは、映画に疎い僕でも聞き覚えのある曲だった。幼稚園のころによく口ずさんでいた、『ドレミの歌』だ。そして続けて、

m―mm―、m―mm―

これも知っている。たしか小学校の音楽で合唱した。

『エーデルワイス』だ。

さらに次のメロディにもピンときた。ただ、曲名はわからない。

「それ、映画の曲なんですか？　京都に行きたくなるやつですよね」

「そうです、My Favorite Things《マイ・フェイヴァリット・シングス》――『わたしのお気に入り』という曲なんですよ。JRのコマーシャルでも使われていたので、そちらのほうが有名かもしれませんね」

たしかに、テレビで何度か耳にしたことがある。

へたくそながらハミングしてみると、かすみさんが合わせてきた。

鼻から抜けるようなやわらかなメロディは、透明感があってとても耳に心地いい。

秘密の場所でデュエットしているようで、心が躍る。

そうして休憩時間をたっぷり使ってサンドウィッチを食べ終えてから、仕事に戻るとき、かすみさんが告げた。

「明日の初回上映は、劇中でいまの三曲も流れる『サウンド・オブ・ミュージック』

です。新藤さんがいらっしゃったら、そっとしておいてあげてください」

それは、新藤さんが明日また寝てしまっても、そのままにしておいたほうがよいということだろうか。

「ね！」

と、かわいらしく念を押すかすみさんを見たら、僕は「はい」と答えることしかできなかった。


勤務初日の今日は夕方まで働き、任された担当業務はなんとか問題なくやり終えた。かすみさんも朝から出ているのに、最終上映後までやることがぎっしり詰まっていると言っていた。支配人の仕事内容がどういうものなのか、僕にはわからない。でも彼女の場合、裏方だけでなくフロントもこなしている。かなり大変であろうことは容易に想像できた。

僕なんて、フロアと清掃くらいしかしていないのに、それでもどっと疲れが出た。

初仕事だからというのはもちろんあるだろう。でもやっぱり、映画に縁のなかった自分が映画館で働くという違和感というか、うしろめたさのようなものは否めない。お客さんから作品内容について聞かれたらどうしよう。そんな不安感もある。

外回りの営業をしていたときに高倉先輩から何度も言われた。営業先の会社や商品について知識不足なのは相手に対して失礼だと。だから先輩は、いつも資料を読み込み、その会社の商品を自腹で買って試したり食したりしていた。先輩はとても勤勉だった。

僕だって見習わなければ……。

何事も準備は必要だろう。いま上映している作品とこれから上映予定の映画については、ちゃんと勉強しておかなければと思い、ロビーに設置されていたパンフレットはすべてもらった。

アパートに帰ってコンビニ弁当を食べながら一枚ずつ目を通していく。

日本やアメリカの作品だけでなく、イギリス、フランス、ドイツ、デンマーク、中国、インド、チリ、ブラジルなど、世界各国の作品が並ぶ。しかもそれぞれの作品の時代設定はまちまちだった。戦時中の話、現代、中世、そして未来。ジャンルもヒューマンドラマ、ミステリー、歴史、ホラー、恋愛、青春となんでもそろっている。

朝聞いた、かすみさんの言葉を思い出した。

『映画って素敵ですよね。スクリーンに向かえば一瞬で別世界にいざなわれるんですもの』

ここに来れば、まさに時空を超えた世界旅行の扉が開かれるわけだ。

名画座オリオンでは月に十から十五作品ほど上映しているらしい。新作ではなく旧作専門とはいっても、かすみさんは全部鑑賞して選ぶというのだからすごい。これまでの僕なんて、映画館には一年に一回、行くかどうかだったのに。

やっぱり人生、損してたのかな。

僕はテーブルの端に置いてあったDVDに目をやる。コンビニに寄ったついでに近くのレンタルショップで借りた、『サウンド・オブ・ミュージック』。

明日の初回上映に備えて予習をしておこうと思ったのだ。

『ブロードウェイの舞台をもとにした一九六五年のミュージカル映画で、アメリカ本国と日本で、ともに大ヒットした作品なんですよ』

かすみさんが事務室で説明してくれた。

二〇〇三年にはニュープリント・デジタル・リマスターバージョンでリバイバル公開されて、ふたたび広く愛されることになったとかなんとか……いろいろと聞いたのだが、それ以降の話は正直なんのことかさっぱりだった。

それにしても……映画館にはほとんど足を運んだことのない僕が、レンタルショップの名作クラッシックコーナーに立ってタイトルを眺める日が来るなんて、夢にも思わなかった。

しかも、いまから五十年以上前の作品ときた。

『ベルリン・天使の詩』を観たときも、前半は眠りに落ちる寸前だった。今回は大丈夫かな。せめてもの救いは、『サウンド・オブ・ミュージック』が白黒でなくカラーだということくらいだ。

かすみさんから聞いたおおよそのあらすじを思い出す。

舞台はオーストリアのザルツブルク。修道院で見習いをしていたマリアは、そのおてんばぶりを見かねた修道院長によって、トラップ邸の子どもたちの家庭教師をするよう命じられる。元海軍の退役将校であるトラップ大佐はとても厳しい人で、子どもたちを軍隊のようにしつけていた。そのせいで、歴代の家庭教師はみんな長続きしなかったという。ストーリーはシンプルで、小難しくはなさそうだ。

でも、ミュージカルなんだよな……。思わずため息をついた。

はっきり言って、これまでの人生で、舞台でも映画でもまともにミュージカルを観た経験がない。記憶にあるところでは『ラ・ラ・ランド』という作品が話題になったものの、当時は誘ってくれるカノジョもいなかったし、ひとりで観にいくほどの勇気も持ち合わせていなかった。

予習のつもりで借りてきたとはいえ、あまり気乗りしないままディスクを取り出した。いくらかすみさんのお気に入り作品だといっても、はたして映画素人の僕が楽しめるだろうか。まあ、つまらなかったら途中でやめよう。そう思ってジャケットに貼られていたシールの上映時間を観たら、「一七四分」とあるではないか。

え……？　一七四分て……ほぼ三時間じゃないか！　ディスクをジャケットに戻そうと思った。僕には絶対耐えられない。

それでも……かすみさんの顔が浮かび、なんとか思いとどまる。

今日の帰りがけ、『サウンド・オブ・ミュージック』を観ておくつもりだと告げた僕に、彼女は興奮気味に語ってくれた。

『この作品の一番の魅力がマリアです！　主演のジュリー・アンドリュースがキュートで、明るくて、気丈で。子どもたちのことを必死に守って励まし勇気づける姿がとても健気《けなげ》で、心から応援したくなっちゃいます！』

戦争の影が忍び寄る時代の話ではあるが、そこへ差し込む光のように輝きを放つ物語だとも言っていたから……。

コンビニ弁当を食べ終えると、ディスクを再生した。

物語は連なる山々を撫でるような空撮から始まった。ドローンもない時代に、なかなかやるなと思った。そして、草原を進むカメラの先に、ヒロインのマリアが現れ、いきなり高らかに歌い出す。

ミュージカルって、面白いのか？

そんな、これまでいだいていた印象は、一瞬で消えてなくなった。聴いたこともない、澄んだ歌声だった。壮大な緑の中の彼女がまぶしい。なんだろう、この感覚は。

続いて修道院の場面。マリアの今後の扱いに頭を悩ませていた院長たち六人の、心地よいハーモニー。セリフを歌詞にしたユニークな掛け合い。不自然だと思うよりも楽しさが勝った。

壁の薄いアパートのため、初めは音量を低めに設定していたが、思い直すと、ヘッドホンを接続してボリュームを上げた。そうしたくなる高揚感があった。

三時間近くある物語は、途中で「インターミッション」と呼ばれる休憩タイミングが表示されていたが、先が気になってすぐに後半の出だしまで早送りした。

そうして僕は、その映画を結局明け方まで観てしまった。

おかげで、遅刻こそしなかったものの、採用されて二日目でギリギリの出社。

焦って事務室に向かうと、かすみさんがソファでくつろいでいた。

「遅くなってすみません！」

僕はボサボサの髪を手ぐしで整えてから頭を下げた。

「おはようございます。いま紅茶入れますね」

彼女はマイペースでテーブルのティーポットに手を伸ばした。

「呼人さん、あまり眠れてないんですか？」

指摘されてどきりとする。ギリギリ出社に対して嫌な顔ひとつしないので、他人にはあまり関心がないのかと思ったが、彼女には僕の寝不足もお見通しなのか。それはそれで、ちょっと嬉しい。

「いやあ、実は寝る前に『サウンド・オブ・ミュージック』を観たら気が高ぶってしまって……」

「あら！　ちゃんと観てくださったんですね！　それで、どうでした？」

おっとりしていたかすみさんが急に身を乗り出してくる。

「あまりに面白かったので、ひと通り観終わってからも印象的なシーンをチャプターで選んでもう一度観返したほどです」

「まあ、よかった！」

顔に花を咲かせるかすみさんを見られて幸せな気分になる。

「かすみさん、マリアが魅力だって言ってましたけど、トラップ大佐もいい味出してましたね」

「そうなんですよ！」

彼女にスイッチが入った。

「演じていたクリストファー・プラマーって、トニー賞とエミー賞とアカデミー賞、全部獲ってるんです。豪華なお屋敷の中で常にスーツとネクタイして、背筋伸ばして。あの立ち姿や堂々とした振る舞いは、軍人を退いていても決して失わないプライドと威厳を感じさせますよね。その大佐が、子どもたちに歌と笑顔を取り戻してくれたとマリアに感謝するシーンがあるじゃないですか。『あなたは歌をよみがえらせた』って。わたし、もう、あのセリフすごく好きで！」

そのあとかすみさんは、ほとんどひとりでしゃべっていた。僕も相槌《あいづち》は打ったものの、暴走モードに突入した彼女は完全に自分の世界に入り込んだ。そして、まるですべてのシーンとセリフを覚えているのではないかと思わせるほど、具体的に感動した場面を語った。

彼女は途中で目を潤ませたり、しんみりしたり、うっとりしたり、次々と表情を変えていく。目の前にはまさに、あの映画の名シーンがよみがえっているのだろう。

僕は、しばらくかすみさんの独演に聞き入っていた。知らない作品の話を聞くのも興味が湧きそうだが、自分が観たばかりの映画についてだと、なおさら共感できて楽しい。なにより僕が感動したシーンをかすみさんも同じように気に入っているのが嬉しかった。

そんなことをぼんやりと考えていると、かすみさんがひと通り話し終えたのか、心配そうに僕を見ていた。

やばい、無言でニヤついているの、変態っぽかったか……。

「すみません、またわたしばっかり話しすぎちゃいました」

彼女は申しわけなさそうに頭をかいた。

よかった、僕を気味悪がったわけではなかったようだ。

「また、ってことは、よくあることなんですか」

「え、ええ。デートでも失敗ばかりで」

なぬ!!

一瞬、時が止まる。

その衝撃は、想像の斜め上をいく！　――まるで新作映画のキャッチコピーにでもなりそうなフレーズが、僕の胸を打ち抜いた。

衝撃の正体は、「デート」という名のパワーワード。

「か、かすみさんて……カ、カ、カ、彼氏いるんですか？」

声が震えた。

すると彼女もうつむいてしまった。首から上はのぼせたように真っ赤だ。

しばらくしてかすみさんは、絞り出すように小声で話し始めた。

「いえ、デートっていうのは、あの、高校時代の話です。あの当時はわたしなんかに声を掛けてくれる変わった男の子が何人かいて。でも、初デートでわたしから話せる話題って映画のことしかなくて、それで話し始めたらいつも自制心がなくなっちゃって……。ずっと一方的に話し続けていたせいか、結局どのデートも二回目はありませんでした」

そうか、過去の話か……。

僕は一気に脱力した。朝からなかなか、心臓に悪い。

4

そして、本日の初回上映前。

このあとの入場案内のため、僕がロビーで待機していると、上映中にずっと寝ていたと、ロッキーさんが怒っていた話題のひと——新藤さんがやってきた。

痩せたからだに、今日は萌黄色《もえぎいろ》のスラックスとジャケットを合わせていた。頭には、昨日と同じ、ベージュのハンチング帽。そして茶色がかったレンズのサングラス。

新藤さんは受付で会員証を提示し、ポイントカードを置いた。受付をしていた別のスタッフがスタンプを押す間、新藤さんは手のひらを上にしている。早く返却してほしいと思っているのだろうか。そうだとしたら少しせっかちだ。

ポイントカードと一緒に整理番号カードを受け取ると、振り返り、今度は壁に手を伸ばした。貼られているポスターやスタッフが書いた作品紹介文に触れながら、ゆっくりとした足取りでこちらに向かってくる。せっかちだと思えば、今度は緩慢にも見える動作。お年寄りの動きは予測がつかない。

新藤さんは壁に置いていた手を、途中からパンフレットなどの並んだガラスケースに移し、そこであたりを見回してから、深く息を吐いていた。

上映開始時間五分前となったところで、僕はロビーの端に立ち、入場開始を告げる。整理番号の早い順に、ぞろぞろとお客さんたちが集まってきて列ができた。明るく丁寧に挨拶し、一枚ずつ番号カードを受け取っていく。

ロビーに残っているのは、あとは新藤さんのみとなった。彼は受付で受け取ったカードをいったんズボンのポケットにしまっていたようで、それを取り出そうとしたとき、ポケットの入り口に引っかけて床に落とした。新藤さんは足元を見たものの、すぐには動かない。

僕は急いで近寄り、そのカードを拾うと、「大丈夫ですか？」と言って差し出した。するとは新藤さんがぎょっとした顔でのけぞった。

「あ、驚かせてしまいすみません」

のんびりした動作をするお年寄りに対して、機敏に動きすぎたようだ。

「ああ、いや、こちらこそ」

あちらも恐縮したのか、目を伏せて戸惑った表情を浮かべている。僕はそのまま番号カードを受け取った。

新藤さんはゆっくりとした足取りで奥へと進んでいく。たっぷり時間をかけて座席に着いたところで、ようやく全員入場完了。

だが、扉を閉めようとしたところで、ホワイエに野球帽をかぶったおじさんが現れた。ロッキーさんだ。

僕は緊張した。この常連客は、まさか昨日もこのタイミングで客席に忍び込み、そのまま無銭鑑賞したのだろうか。

「番号カードをよろしいでしょうか」

ぎこちないスマイルで呼びかけた。

「あのじいさん、今日も来てるのか？」

それなのにロッキーさんときたら、こちらの言葉など聞こえていないかのように、平然とスルーだ。僕が閉じかけていた真鍮《しんちゅう》製のドアノブを強引に開き、中の様子をうかがう。

「ちょっと、ロッキーさん」

謝るどころか悪びれもせず、なんて勝手なひとなんだ。

「お、いるじゃないか。寝にくるくらいなら家で寝てればいいのによ」

ロッキーさんが刺々《とげとげ》しくつぶやいた。視線の先には新藤さんが見える。

「今日寝たらガツンと言って締め出してやるか」

まさかこのひと、いまから新藤さんの隣に座って鑑賞――いや、監視するつもりなのか。ていうか、そんなことより番号カードを確認していないぞ……。

そのとき。

「だめですよ、ロッキーさん」

客席に入場しようとするロッキーさんを背後から呼び止める声が掛かった。

振り返ると、かすみさんがいた。

いつもの温和な雰囲気とは違う、毅然とした物言いだ。

「支配人……」

ロッキーさんの目に戸惑いが浮かぶ。

かすみさんが表情をゆるめた。

「あのお客さまは寝てなんかいません。今日の上映も楽しんでもらいましょう」

ロッキーさんが何か言いかけたが、

「プロジェクションをお願いします」

かすみさんの言葉に有無を言わさぬ迫力を感じたのか、おずおずとロビーのほうへ引き返していく。

ロッキーさんとかすみさんの関係も、プロジェクションという言葉の意味も、僕には何がなんだかさっぱりわからない。しかし、そうこうしているうちに客席は消灯した。

シアター2、今日の初回上映は『サウンド・オブ・ミュージック』。

上映が開始されてからはシアター1の受付に移り、それからトイレの定期清掃、整理番号カードの整頓。事務所に戻って配給会社から届いているパンフレットやチラシの梱包の荷ほどき、納品確認などを行った。

開始から一〇〇分ほどでシアター2の『サウンド・オブ・ミュージック』は途中休憩を迎えた。昨夜DVDで観たときにも表示された『インターミッション』のタイミングで、映画館では実際に十分のトイレ休憩を挟む。なにせ一七四分という長さだ。

ほとんどのお客さんはいったんトイレに席を立った。

ホワイエから客席をのぞくと、新藤さんが見えた。

席に座ったままだった。深く背にもたれている。サングラスもかけっぱなしだ。茶色がかったレンズの下――目を閉じているのは、こちらからもわかった。

今日もまた、眠ってしまったのだろうか。新藤さんはぴくりとも動かない。

この光景をロッキーさんがチェックしていないかと周囲を見回したが、野球帽は見当たらなかった。トイレに出たお客さんの中にもいなかったので、今回は鑑賞していないのか。

あれこれ考えているうちに音楽が流れ、二分ほどしてから後半が始まった。

5

たっぷり一七四分という長い上映のあと、お客さんたちがホワイエに出てきた。どの顔も作品の魅力に酔いしれたように、幸せそうだった。それぞれにお辞儀をして送り出し、清掃のために客席に入る。

すると、まだひとり、シートに腰かけたままのお客さんがいた。

新藤さんだ。

ちょうど中央付近のシートで、深く身をうずめたまま目を閉じている。サングラスはかけたまま。やはり上映中に眠ってしまったのだろうか。ロッキーさんの言っていた通りだったのかもしれない。

僕は静かに新藤さんの席に近づいた。そして、もう終わりましたよ、と呼びかけようとした瞬間——背後から、先に別の声が掛かった。

「満足いただけましたか」

振り返ると、かすみさんが立っていた。

彼女は驚く僕ににっこりとほほ笑むと、任せてください、という表情をして前に出た。

二、三秒の間を置いてから、新藤さんは深くシートにもたれていたからだを起こし、座り直した。

「ああ、ありがとう。ついつい、長く余韻に浸ってしまった。次の上映があるのにすまなかったね」

新藤さんの声ははっきりしており、寝起きというわけではなさそうだった。

「思い入れのある作品なんですか?」

かすみさんの問いかけに、ふっと、新藤さんの顔がほころぶ。

「若いころ、妻と観たことがあったんだ。リバイバルではなくて、一九六五年六月、日本で初めて公開されたときだよ」

とても懐かしそうな、穏やかな声音だ。

「こんなところで話していたら迷惑だよね」

「いえ、次の上映までは余裕があるので大丈夫です。聞かせてください」

かすみさんはそう言って、新藤さんの斜め前の席に腰をおろした。本当にいいのだろうかと戸惑いながら、僕も彼女の隣に掛ける。そしてかすみさんにならって浅く座り、からだをうしろの新藤さんに向けた。

「わたしは若くして自分の会社を経営していたんだが、一時期ひどく業績が悪化したときがあってね。妻にはずいぶんと貧しい生活を強《し》いたよ。そのときはもうどうにも立ち回れなくなって、結婚指輪まで質屋に入れさせたんだ」

新藤さんが目を伏せる。

「それなのに、これはどうしようもないわたしの性格で、社員だけでなく妻にまで厳しい言葉を投げかけてしまって。あまりに不用意なひと言を、口にしてから後悔することも度々《たびたび》だった。あれは――妻は何も言い返さなかったがね」

新藤さんの奥さん、どんな気持ちだったんだろう。

「その罪滅ぼし……なんて言ったら都合がよすぎるが、何か妻が望むことを、ささやかでもしてやりたいと思ったとき、彼女は映画が観たいと言ったんだよ。しかも、ミュージカル映画を。わたしはそういうものにはあまり興味がなかったが、ここで特集上映している映画が封切られた当時、東京まで初めて一緒に観に行ったんだ。金に困っているのに、せめて映画だけでもと割りきって。映画館からの帰り道、あのときの妻はずいぶんとはしゃいでいたなあ」

つらい境遇のときに、映画をひとときの楽しみにする夫婦か……。楽しげに語る新藤さんを見て、羨ましく思った。

「晩年、なんとか会社の経営が持ち直してね。軌道に乗ってからは、苦労をかけた妻への償いも兼ねて、日本で上演されるミュージカルには何度も連れていったよ。妻はとりわけ『サウンド・オブ・ミュージック』を気に入っていた。宝塚歌劇団や、劇団四季の舞台は上演されるたびに何度も足を運んで。……ただ、ひとつだけずっと気になることがあった」

新藤さんが声を落とす。

「あれはうちで洗濯物を干しているときに、よく鼻歌のように口ずさむ癖があったんだ。だが、ときおり宝塚や四季のミュージカルでは流れなかった歌を歌っていた。ひょっとしたら別の作品の曲だったのかもしれないが……いったいあれはなんだったのか、ずっと心に引っかかっていてね。今回ここで久しぶりに特集上映があると知って、それを確かめようという思いもあって訪れてみたんだよ」

新藤さんは自分の座るシートを撫でた。まるで愛おしいものをめでるように。

「もちろん、歌を確認するだけならレンタルで借りたりDVDを買ってもよいのだろう。昔観たのも東京の映画館だったし。……ただね、シートの手触りだとか、劇場のにおい、他の客たちの息遣いなんかがあってこそ映画の醍醐味だと思ったんだよ。まあ、いまのわたしは……」

新藤さんが何か言いかけて、それをふたたび飲み込む。

僕たちの間に沈黙が流れた。

そこへ、かすみさんが口を開く。

「新藤さんには、目を閉じたままでも見えていたんですよね」

しっとりした、それでいて優しげな声音《こわね》だ。

「かつてスクリーンで目にした、美しい光景の数々が」

その言葉に新藤さんは驚いた表情を浮かべ、

「ああ、そうだ」

かけていたサングラスを外した。

どういうことだ？

彼の視線はかすみさんと僕の間あたりに向いていたものの、なんとなくぼんやりしていて、目の前の光景を見ているようで見ていない——いや、見えていないように感じた。ひょっとして……。

「数年前に大病を患って以来、片目はすでに見えていないがね。もう片方も、強い光しか認識できない」

新藤さんが静かに言った。

そうか……それで上映中、ずっと目を閉じていたんだ。

「あれ、でも」

僕は思わず口を挟んでしまった。

「家事や料理もご自身でされていると」

そうだ、昨日ロビーで知り合いのご婦人に話していたじゃないか。

「はは、そうだよ。生活していかなければいけないからね。目が見えなくても、それくらいは順応できる」

「そ、そうなんですか。それは……失礼しました」

僕は自分の無知に、身を縮めた。

「いやいや、慣れるまでには時間がかかったがね」

気にしていないという顔で笑ってもらえたのがせめてもの救いだ。

ただ、これで新藤さんの、受付での動作やロビーでの不可解な行動にも納得がいった。

眺めていたポスターと口にした映画のタイトルが違ったのは、そもそも正面のポスターを見ていたわけではなく、僕が勝手に勘違いしただけだった。そして拾った番号カードを新藤さんに差し出したときは、おぼろげな視野にいきなり何かが飛び込んできたと思って驚いたのだろう。

隣のかすみさんを振り返ると、彼女は僕に温かなまなざしを向けてうなずく。

彼女は初めから、何もかもお見通しだったようだ。

そして、わかっていても、野暮なことだと思いを口にしなかったのだろう。彼女はそういう気遣いのできるひとなんだ。

新藤さんが続ける。

「もちろん、ふだんは障碍者《しょうがいしゃ》らしく白杖を使っているが、盲人が杖をついて映画館になんて来たら、笑われてしまうだろう」

「そんなことありませんよ」

かすみさんがはっきりした口調で言った。

「ああ、すまない。オリオンのひとたちはスタッフもお客もいいひとばかりだし、気にする必要はなかったね。いまのは老人の自虐的なたわごとだと思ってくれ」

新藤さんが笑う。

「まあ、実際には、ここはうちから近いし、だいぶ前だが目が見えていたときに通ったことがあったから、中の様子もある程度わかると思ったんだ。それでも最初の二日間は、館内の感覚をつかむために一番乗りで来たがね」

たしかに昨日の新藤さんは、本来の開館時間よりもずいぶん早く来場していた。

「楽しんでいただけましたか。今週の特集上映はすべてミュージカル映画ですから。音楽を聴くだけでよみがえってきたんじゃないですか、懐かしいシーンが」

「ああ、そうだね。いまは見えないが……たしかに見えていたころと同じだった」

しみじみと新藤さんがつぶやく。

そうなんだ……。

新藤さんは寝ていたんじゃない。まぶたの裏には、当時奥さんと観たスクリーンの光景がありありと浮かんでいたに違いない。

「今日、ここに来てよかった。妻の口ずさむ歌がふたたび聞けて……」

その声が震える。

最後に新藤さんは、奥さんが三年前、すでに他界していることを打ち明けた。

6

僕とかすみさんは、新藤さんをエントランスの外まで見送りに出た。

別れ際、彼はハンチング帽を脱ぎ、僕たちに会釈してくれた。

「ここはいいねえ」

「明日もお待ちしています」

にっこりとほほ笑んでから、かすみさんがいきなりある曲を口ずさんだ。

ゆっくりと、感情を込めて。すべて英語の歌だが、とても流暢だ。

最初は不安を感じさせるような歌い出しだった。それが徐々に力強くなる。自信を持ち始め、強い意志で困難を乗り越えようという、未来を感じさせるメロディ。

聞いているうちに、いつのまにかスキップでもしたくなる陽気な気分になった。

それにしてもかすみさんは、透き通るようなきれいな声をしている。

歩道の若葉が揺れた。

歌声はさわやかな風に乗って舞い踊り、澄み渡った空に昇っていく。

通りを歩く周囲のひとの視線など気にもとめず、かすみさんは続けて二曲目も歌った。

今度はゆったりとした、ロマンチックな曲調だ。ささやくような、優しげな声で。

『サウンド・オブ・ミュージック』でトラップ大佐とマリアが、互いに秘めていた恋心を告白し合う情景がよみがえった。

月の光を背後から浴びて浮かび上がるシルエット。

つかず離れずを繰り返し、そして最後に深く重なり合うふたり。

かすみさんの、それまで見せたことのない艶やかな表情としぐさに、胸の鼓動が急に高まった。

二曲目のサビを歌い終えた彼女に、

「すごいですね！」

僕は素直な気持ちを伝えた。するとかすみさんは、

「あ、いえ……」

と銀幕のヒロインからシャイな女性へと戻ってしまった。いまさら自分の大胆な行動を恥じているのか、小さくうつむいてはにかんでいる。そのギャップがかわいい。

気づくと、新藤さんがサングラスの奥の目を見開いていた。

「いまの二曲だよ。晩年、妻がよく口ずさんでいたのは」

ずっと心にひっかかっていた二曲。それをかすみさんが歌ったことに、驚きを隠せないようだった。

「I have confidence《アイ・ハヴ・コンフィデンス》――『自信を持って』は、マリアがトラップ家を初めて訪ねるシーンで歌われます」

しっとりとした声で、かすみさんが答える。

「Something Good《サムシング・グッド》――『何か良いこと』も、『サウンド・オブ・ミュージック』の舞台版では流れません。この二曲だけは、音楽のリチャード・ロジャースが映画版のために作曲したからです。ちなみに、舞台版でマリアとトラップ大佐がデュエットするのは『何か良いこと』ではなく、An Ordinary Couple《アン・ノーディナリー・カップル》――『普通の夫婦』です」

映画のことだけでなく、好きな作品だったら舞台のことまで知っているのか。僕は説明を聞きながら、彼女の知識量にあらためて感心した。

「これはわたしの想像ですが」

かすみさんのまなざしを、新藤さんは見えているかのように正面から受け止める。

「奥さんにとってこの二曲は、もっとも思い入れがあったのだと思います。ひょっとしたら、ご自身の青春にマリアの人生を重ねていたかもしれません。『自身を持って』

は奥さんから新藤さんへのエールであり、奥さん自身を奮い立たせる曲で。『何か良いこと』も、映画でのシーンの美しさはもちろんですが、これまであったさまざまな出来事は、すべていまにつながる素敵な運命だった――そう暗示する歌詞に心打たれます」

たしかにどちらの曲も、すごく印象的な場面で流れていた。

「『サウンド・オブ・ミュージック』は実話をベースにして作られています。マリアは実際にトラップ家が窮地に立たされたとき、結婚指輪を質屋に入れたという逸話があるんです」

「それは、初耳だな」

新藤さんが言った。

「もしかしたら、奥さんがそのエピソードをご存じで……だから何も言わずに同じことをしたのかも。単なる偶然だったとしても、やはり何か運命を感じさせませんか」

かすみさんはまっすぐに新藤さんを見つめている。

「それに、映画では前半、厳しい人物として描かれていた大佐ですが、本当はマリアを優しくなだめるひとだったらしいんです。奥さんには新藤さんのことも、大佐と同じように見えていたかもしれませんよ」

突然、新藤さんが口元をふさいだ。

心の内からあふれ出そうとしている過去のいろんな思い出を、必死で抑えるように。

「わたし、マリアの言葉でとっても好きなひと言があるんです」

かすみさんの長い髪がそよ風になびいた。

「『神様が扉を閉じるときは――』」

言いかけたかすみさんの言葉の先を、

「『別のどこかで必ず窓を開くのよ』」

新藤さんが継いだ。

「妻の声が聞こえたみたいだ」

押さえた手のすき間から、小さく嗚咽《おえつ》が漏れる。

そして、閉じかけた両目には涙がにじんだ。

名画座オリオンの前に伸びる、細い舗道。

かすみさんが、帰っていく新藤さんの背中に大きく手を振る。

僕はその彼女の背を、さらに後方から眺めた。

視界に野球帽のつばが入ったため振り向くと、僕の隣にひげのおじさんが立っていた。ロッキーさんだ。

「人生ほど重いパンチはないいな」

そう言ってロッキーさんが笑った。

「何かの名言ですか」

「『ロッキー・ザ・ファイナル』を知らないのか」

よくわからないが、映画の『ロッキー』といえばボクシングだ。ロッキーさんもボクシングの元学生王者だけあって、その映画のファンなのだろう。

「あのじいさん、目が見えないんだってな」

「そのこと、どうして?」

「どうもこうもねえよ。映写中に支配人に聞いたんだよ」

「映写中?」

「兄ちゃんもいただろう。支配人が俺に『プロジェクションをお願いします』って言ってたとき」

たしかにそんな会話をしていた。かすみさんはそのタイミングですでに新藤さんのことがわかっていたんだ。

ん……? 僕は自分が聞き逃した言葉を巻き戻す。

プロジェクション? え……え?

「んあ? なんだよ、兄ちゃんのほうこそなんにも知らされてないのか。俺、ここの映写技師だぞ。昨日は音響チェックや場内設備の動作管理のために客席で鑑賞してたんだ。そういうときはかわりに支配人がプロジェクション担当でな」

「でも入場口では会いませんでしたよね」

「そんなの、うしろのスタッフ用扉から入ったのさ」

「朝のミーティングにも出てないじゃないですか」

「兄ちゃんなあ、俺はここができたときから働いてるんだぞ。いつだって準備は万端だ。それにミーティングっていっても、九割がた業務とは関係ない支配人のおしゃべりだろ。出る必要感じないんだよな」

そういうことだったのか……。常連客の無銭鑑賞なんかではなく、ロッキーさん、まさかここの社員だったとは。

「あーあ、それよりお客を疑って支配人に怒られちゃったよ。ふだんはおっとりしたお嬢ちゃんて感じなのに、支配人の顔になると意外とおっかないんだよな」

ロッキーさんはかすみさんのことを常に『支配人』と呼んでいるようだ。

ついでに僕のことは名前ではなく『兄ちゃん』で定着しそうな予感がする……。

まあ、とりあえず、ロッキーさんも自分のデリカシーのなさは反省している様子だ。

「ところで兄ちゃん、支配人のサンドウィッチはうまかったか」

見えないところからフックが飛んできた。

いきなり何を言い出すんだ、このひとは。

「新入りには必ず振る舞うんだよ。ま、俺なんかいまもよく作ってもらうけど」

ロッキーさんが胸を張る。

なんだ、あれは特別なことじゃなかったのか……。ひょっとしたらかすみさん、僕に気があるのかな、なんて……一瞬でも思ってしまった自分が恥ずかしい。

ただ……。

もちろん、がっかりする気持ちもあるにはあるけれど、でも。

誰にたいしても純粋でひたむきなかすみさんがいる場所だから。そんな彼女が大切にしている場所だから、僕はここオリオンで働こうと思ったんだ。

眉をしかめる僕を面白がるように、ロッキーさんは、にっと笑った。

舗道の先で、新藤さんを見送った彼女が振り返る。

頬にかかった髪を小指で耳にかき上げるしぐさがかわいい。

僕は映画のワンシーンを切り取るように、鮮明に、かすみさんの姿をこの目に焼きつけた。

第3話　他の誰か
（『ユー・ガット・メール』）

1

午後、三回目の上映が始まり、ちょうどこの時間はロビーにお客さんがいない。とても静かな夕方のひとときだ。ひとりで受付を任されていた僕は、受付カウンターから外を眺めた。空は昼下がりと同じく、まだ薄く透き通っている。徐々に日が長くなってきたようだ。街路樹の作る木陰が涼しげに揺れた。

ふと、エントランス前の舗道に立つ女の子に気づいた。

彼女はこちらに背を向けていて、顔は見えない。制服を着て、リュックを背負っている。近くの中学の生徒のようだ。

まさか、学校帰りにオリオンで映画を観ていこうというわけではないだろう。たまたまそこで誰かと待ち合わせているのかもしれない。

受付からそれとなく様子をうかがっていると、彼女は少しうつむき加減だった顔を上げ、そろりとこちらを振り返った。入り口のガラス越しに、ばっちりと目が合う。まるで何か見てはいけないものを目の当たりにしたかのように、彼女はさっと顔を背けた。

え、え……？　なんだ？

その彼女が入り口ドアを開け、中へと入ってきた。

細いフレームの眼鏡を掛けた、ゆるくふわっとしたショート。なんとなくおどおどしている。

僕も緊張で見構えた。もしかして、じろじろ見ていたと誤解されているのかも。

彼女は視線を足元に落としたまま、受付の正面に立った。

「あの、さっきはたまたまで」

何か言われる前に、まずはこちらから弁明しようとした。

すると彼女が目を伏せたまま口を開いた。

「あ、あの、かすみん――かすみさんはいますか」

え……？　なんだ、かすみさんの知り合いか。

変なクレームじゃなくてよかった、と胸を撫でおろす。

「いまちょうど、配給会社の人と電話中だよ。かすみさ――あ、支配人に何か用かな」

「えっと、その……」

彼女は口の先まで出かかった言葉を言いよどむ。

そのとき、事務室のドアが開いた。

かすみさんかと思って振り向くと、

姿を見せたのはロッキーさんだった。

「おう、どうした、伊織《いおり》。久しぶりだな」

ロッキーさんは僕と女の子を交互に見た。

「うん、ちょっと、かすみんに相談があってね。それより、最近お酒は控えてる？お医者さんに注意されてるんでしょ、飲みすぎだって。ママも心配してたよ、運動もせずに狭い部屋に籠りきりだから」

伊織と呼ばれた彼女は、先ほどとは打って変わって、ずいぶんとざっくばらんな口調になった。

「酒なんか全然だよ。ここにはおっかないお目付け役がいるしな」

「でも、かすみんに隠れて映写室で飲んでるんじゃないの？」

「ばかを言うな。そんなことしたら支配人に締め上げられるって。それに、あのひとのあんな姿を見て以来、酒に飲まれる人間の怖さを知ったからな」

「あ、それ、前に話してくれた、かすみんの『忘年会泥酔事件』のことでしょ」

「伊織も酒はほどほどにしておけよ」

「中学生が飲むわけないじゃない！」

なんだ、僕を差し置いて繰り広げられる、このふたりの会話は。

正直、どこからツッコんでいいのかわからない。

ちょっと整理しよう。ええっと、まず『かすみん』という愛称。それ、なかなかかわいいじゃないか。

そして、重要なのは次だ。かすみさんの泥酔事件？　いったい酔っぱらってどうなったというんだ。個人的にはめちゃくちゃ気になる。

あ、それともうひとつ——

「あのう、伊織ちゃんて、ロッキーさんの……」

「孫だ」

ロッキーさんがすぐさま返した。

ああ、やっぱりそうなのか。

「兄ちゃんさあ、ひと目でわかるだろう、そっくりじゃないか」

いや、全然似てないし。

「全然似てないし！」

伊織もすぐさま叫んだ。ひょっとしたら彼女とは、意外と気が合うかもしれない。

「でも、さっき挨拶したときに、ロッキーさん、久しぶりって」

僕の疑問に、今度は伊織が答えた。

「うち、二世帯住宅なんです。わたしと両親が二階、おじいちゃんとおばあちゃんは一階に住んでて、玄関も分かれてるから」

　知られざるロッキーさんの家庭事情を垣間見た。

「ちっちゃいころは、『じいじ、じいじ』ってまとわりついてくるからオリオンにまで連れてきてやったのにな」

「いったい、いつの話？」

「それが最近じゃあ、誕生日とクリスマスと正月しか寄ってこないだろう」

「そんなことないもん！」

　ロッキーさんがわざと拗《す》ねたような口ぶりをすると、伊織も対抗する。

　快活にしゃべる彼女の横顔を見て、あらためて思った。この子はひどく人見知りする性格かもしれないが、心を許した相手にはとても明るい笑顔が見せられるのだろう。

「あら、伊織ちゃん」

　ちょうどそこへ、かすみさんが事務室から現れた。

「かすみーん！」

　伊織が待ってましたとばかりに、甘えるように手を振った。彼女にはそんな声も出せるんだ。笑顔もキュートだった。

　慣れているのか、かすみさんも手を振り返す。

「学校帰りにどうしたの？」

聞かれた伊織は、一度大きくうなずいてから、懇願するようなまなざしをかすみさんに向けた。

「あのね、かすみんに協力してほしいことがあるの」

2

映写はロッキーさん、受付とフロアを午後勤務のスタッフにかわり、僕とかすみさんは伊織を連れてオリオンの屋上に出た。

薄い朱色に染まった空を鳥たちが横切っていく。

伊織、かすみさん、僕の順にベンチへと腰かけた。その影が屋上に長く伸びている。

かすみさんが、風にそよいで頬にかかった髪を、小指ですくって耳にかけた。

「ねえ、かすみん」

「なあに、伊織ちゃん」

伊織はふーっと息を吐くと、目を伏せたまま指差した。

「そのひと、なんでいるの？」

彼女の人差し指はこちらを向いている。

ん……？　僕？

かすみさんはおもむろに僕を見てから、ふたたび伊織に向き直った。

「あ、伊織ちゃん、ごめんね。わたしは全然違和感なかったんだけど、やっぱり呼人さんがいると話しにくいかな」

しまった……。呼ばれてないのに、なんとなくついてきてしまった。たしかに伊織が相談したいのはかすみさんであって、初対面の僕ではないだろう。

「その……呼人さんて、かすみんの彼氏?」

伊織が膝元に視線を落としたまま、唐突に尋ねた。

この子、なんて大胆な質問をするんだ……。

「えっ、違うよ。ここで働いてくれてるスタッフさんのひとりだよ」

かすみさんが即座に否定する。

もうちょっと動揺したり恥じらったりしてくれてもいいのに。

「本当に？」

ぼそっとつぶやく伊織に、僕はため息をついた。

「僕は……就職して間もなかった会社が倒産しちゃって。無職になりかけたところをここで雇ってもらったんだ。アルバイトだけどね」

「ふうん」

その説明で納得したのかはわからなかったが、彼女は「まあ、いいや」と言って話を変えた。

「ところでかすみんは、『veNga《ヴェンガ》』ってやってる？」

伊織が口にしたのはＳＮＳ《ソーシャル・ネットワーク・サービス》のひとつで、登録したアカウント名で短文や写真、動画、音楽などを投稿できるコミュニケーションツールだ。

「ううん、そういうのは全然。せいぜい事務室のパソコンで映画のサイトを見るくらいかな」

「でも、veNgaでもオリオンの公式から発信してるよね」

僕は伊織の言葉に驚く。そうなのか、まさかオリオンがプロモーション活動をしていたなんて、全然知らなかった。働いている僕より彼女のほうが詳しいというのも情けない話だが……。

「あれはそういうのに強い学生スタッフの男の子が考えてくれて、定期的に告知してもらってるの」

かすみさんが恥ずかしそうに頭をかく。

「そうなんだ。じゃあ、呼人さんは？」

伊織が目を合わせないまま聞いてきた。

「僕は学生時代だけど、同じゼミのメンバーとフォローし合ってた時期があったよ。でも、そういえば、就職活動を始めてからはまったく使ってないな」

残念ながら、求人情報のやりとりを頻繁にするような友人もいなかった。

「伊織ちゃんの相談というのは、そのveNgaに関係があるの？」

かすみさんの問いに彼女がうなずく。

「実はね、一か月くらい前にコメントをもらってから親しくなったひとがいるの」

veNgaではユーザーが閲覧制限をかけないかぎり、その投稿は誰でも見ることができる。また、ユーザー同士が承認し合えば、他のユーザーには非公開の状態でふたりだけの会話をすることも可能だ。

そういったつながりを趣味に限って求めるひともいれば、少しでもたくさんの相互フォローを得ようと考えるひともいるようだ。

「伊織ちゃんは、何か趣味があってveNgaをやってるの？」

かすみさんがあまりSNSには詳しくなさそうだったので、かわりに僕から聞いてみた。

「いいえ、もともとは見るだけで、何か投稿することはなかったんです。でも、他のユーザーの投稿に『いいね』押してたら、フォローされることも増えて。そういうときは自分からもフォロバしてたんです」

「フォロバ？」

伊織が僕に説明してくれている最中に、かすみさんが首をかしげた。

「かすみさん、フォロバっていうのはフォローバックの略で、フォローしてくれたユーザーをこちらからもフォローし返すことですよ。ちなみにフォローっていうのは特定のユーザーのコメントを自分のホーム画面に表示されるようにすることです」

「そういうことなんですね。すみません、なんにも知らなくて」

かすみさんは申しわけなさそうに肩をすくめた。

「伊織ちゃん、続けて」

僕が話の続きを促すと、伊織も、「は、はい」と座り直した。

「それで、ＳＮＳだとそのひとの性別ってなかなかわからないじゃないですか」

たしかに、アカウント名では判別できないこともあるし、プロフィール画像だって、あえて自分と異なる性別のイラストや写真を使うユーザーもいる。

「わたしが親しくなったひとも、はじめは女性なのかと思ってたんだけど、話し方とか受け答えから、なんとなく男性のような気がして。それと、一番気になったのは、そのひとが投稿する写真、この街の景色にそっくりだったの。ううん、そっくりっていうより、たぶん、この街そのもの」

初対面の僕には内気に見えた伊織も、話すうちにはっきりとした口調になってきた。

そして、なんとなく彼女の相談したい内容が見えてきた気がする。

ＳＮＳで親しくなった相手。性別不明だったが、どうやら男性……。

たまに耳にする、女子中高生を狙ったネット絡みの事件。性別だけではなく、年齢も職業も性格さえも偽って悪いことを考えて忍び寄ってくる輩《やから》だっているかもしれない。

「それで、伊織ちゃんは、その相手から会おうって言われたのかい?」

僕は思いきって、先回りして質問を投げかけた。

その相手との関係を断ちたい。だから協力してほしい——そういうことだと思ったのだ。なんだか、まるで相手の心を読む探偵になったみたいだ。

かすみさんがちらっと僕を見て、『え、そうなんですか!?』という顔をする。

しかし……。

伊織は首を横に振った。

「いえ、そういうことは、まだないです」

あれ……? 核心を突いたようにドヤ顔で聞いたのに……大外れだった。

「わたし、異性と直接話すのは苦手だから、もともと会おうとは思ってません。……でも、『彼』とメッセージを送り合うのはすごく楽しくて」

伊織だったら学校の教室でも交友関係が広そうなものだけれど、ネット上では互いに素性がわからないぶん、また違った関係が作れるという興味があるのかもしれない。

でも、どういうことだ? ここまで聞いても、彼女の相談らしい相談事はいまだに出てきていない。

「それで、何が問題なの？」

「いえ、問題ってわけでは。ただ……その『彼』が映画好きだってわかって。しかも、いま公開している新作でも、ここ二、三年に観た映画でもなくて、わりと古い映画に詳しいんです」

「伊織ちゃん――」

ここへきて、ずっと黙って聞いていたかすみさんが、いきなり口を開いた。

「古いっていうのはいつくらいの年代の作品なの？」

横顔をのぞき込むと、その瞳が爛々と輝いているように見える。

かすみさん、スイッチ入っちゃいましたか。

「ええっと、最初に話したのは『E.T.』だったかな」

記憶を探るように話す伊織に対し、

「一九八二年か。日本では『セーラー服と機関銃』がヒットした年ね」

かすみさんがぱっと答える。

「あのジャケットの、指と指を合わせるシーンが好きだって。あとは『アマデウス』とか、『カイロの紫のバラ』とか。それでね――」

伊織の声のトーンが急に下がった。

「ちょっと困ってることがあって……」

いよいよ本題に入りそうな気配だ。

伊織の不安を払拭するように、かすみさんが深くうなずく。

「おじいちゃんが映写技師をしてるんだって話をしたら、『彼』、すごく興味を示してね。……わたし、本当は昔の映画なんてそんなに詳しくないのに、盛り上がったはずみでかっこつけちゃったの。『小さいころからおじいちゃんの働く名画座でいっぱいいろんな映画を観せてもらった』って。そうしたら『彼』、アルフレードとトトみたいだねっていうの。それって『ニュー・シネマ・パラダイス』でしょ。あの映画は本当に観たことがあったから会話が嚙み合ったんだけど……でも、そのせいでわたし、やっぱり昔の映画に詳しいって勘違いされてるかも」

伊織が苦々しい顔をする。

「本当のこと、話してみたら？」

「いまさらそんなこと」

僕の言葉に対して、彼女は消え入るような声で答えた。

正直、そんな些細なことで悩まなくてもいいのに、と思ってしまった。ただ、彼女からしたら深刻な問題なんだろう。せっかく仲よくなった相手から嫌われたくない。そういう気持ちも、わからなくはない。

「それで、伊織ちゃんはどうしたいの？」

かすみさんがやさしく問いかける。この包容力が彼女の素敵なところだ。

「かすみんにね、『彼』とどんな映画の話をしたらいいか教えてほしいの」

『協力』要請というのは、そういうことだったのか。

「それは、伊織ちゃんが観てもない作品を観たように話すってこと？」

「ううん、そんなことしないよ。どんな映画から観たらいいかわからないから、おすすめを聞きたいだけ」

「だったら――」

仕方ないなと言いつつ、ここからかすみさんの長い映画談義が始まった。

まずはこれまでSNS上でしてきた『彼』との会話から、『彼』の趣味や嗜好を聞き取り、そこから他に好きそうな作品を予想して挙げていく。

足元のリュックからノートを取り出した伊織は、急いでメモを取った。なんだか講義を受けているみたいだ。

ノートが見開きでびっしりと埋まったところで、続けてかすみさんは、伊織から興味のあるジャンルを聞き取っていく。そしてそのうち一九九〇年代くらいまでの作品を中心にピックアップし、簡単なストーリーと見どころを話してくれた。

「わたしにはSNSのこと、あまりよくわからないけど……でもね、素性のわからない相手とやりとりするツールは、実は昔からあったの。それを『パソコン通信』って言ったらしいよ」

「へえ。初めて聞いた」

伊織と同じように、僕も知らなかった。

「それを題材にした一九九六年公開の日本映画に『(ハル)』っていう作品があってね。当時はハンドルネームっていう、パソコン通信での名前を使ってて……」

「じゃあ、いまだったらアカウント名のことだね」

伊織がすかさず発言する。

「たぶんそう、なのかな? 『(ハル)』と『(ほし)』っていうハンドルネームの、ふたりの交流を描いているの。最初(ほし)は(ハル)に同じ男性だと告げてたんだけど、途中で打ち明けるんだ。本当は、自分は女性ですって」

「えっ、相手に嘘をついてたってこと? それで、ふたりはどうなっちゃうの」

伊織はかすみさんが紹介した作品に興味津々のようで、ものすごい勢いで身を乗り出した。

「それは伊織ちゃんが観てのお楽しみ」

「えー、いま知りたいよ」

伊織は駄々っ子のように手足をばたつかせてみせるが、かすみさんは困り顔をするだけで、決して結末を話そうとしない。やはり、直接伊織に観てほしい映画なのだろう。

そんなことを考えてほっこりしていると、

「呼人さん、教えてください」

伊織がにらむように僕を見た。急に風向きが変わり、こちらに火の粉が降りかかってきたようだ。しかし、僕にわかるわけがない。観たことはおろか、聞いたこともないタイトルだし。

「ふたりともケチ！」

彼女は頬を膨らます。

「じゃあ、かわりにかすみんの『恋バナ』教えてよ」

「え！　なんでそういう展開になるのかな」

かすみさんは目をぱちくりさせてから、急に口ごもってしまった。首から上がすべて真っ赤だ。

それを見た伊織は、呆れてため息をついた。

3

伊織の無茶ぶりに対し、かすみさんが茹で蛸のようになってしまった日から一週間後。

外のポスターを貼り替えているとき、当の伊織がまたオリオンにやってきた。

やはり下校途中だろうか。前回と同じく、制服姿でリュックを背負っている。眼鏡にゆるふわショートも健在だ。

「呼人さん！」

舗道の、それも少し離れた距離からいきなり呼びかけられた。

前回のような内気な雰囲気はなく、むしろ少し興奮気味に見えた。かすみさんに相談の続きでもしにきたのだろうか。

「伊織ちゃん、ごめんね。かすみさんなら、いまは映写の準備中で、しばらく手が離せないと思うよ」

申しわけなさそうに告げたところ、彼女は「ううん」と首を振る。

「じゃあ、呼人さんに話します」

ええ……？　どういうことだ。そもそもこれって、僕には打ち解けてくれたってことなのか？

「男性としての意見を聞かせてください」

　と見つめられた。

「は、はい？」

　と一歩、思わずあとずさる。女子中学生に気おされてしまった。

「前にお話しした『彼』、もしかしたら成瀬《なるせ》先生かもしれないんです」

　それから伊織は、ポスターを貼り替えている最中の僕に、『手は動かしながら聞いてください』と、会社の上司みたいな指示をしてから話を続けた。

　ちなみに成瀬先生とは、彼女の中学の数学教師で、フルネームを成瀬洋次《ようじ》というようだ。

「どうしてその可能性に行きついたの？」

　僕は言われた通りに手を動かしながら、彼女に尋ねる。

「だって……成瀬先生って、かすみんと同じくらい映画に詳しくて、たまに授業中に名作の紹介をしてくれるから」

「でも、さすがにそれだけじゃ」

「ううん、それに、一か月くらい前のことですけど……成瀬先生、からかってきた男子を叱ってわたしのことをかばってくれたことがあったんです。そのときの先生の言葉は忘れません。『伊織には伊織にしか出せないよさがあるから自信を持ちなよ』って。それが、veNgaで『彼』に他のことを相談していたときも、なぜか似た言葉を掛けられたし。こんな偶然あります？」

伊織が熱っぽく語った。

「もしかして、何かの映画の名セリフとか」

「成瀬先生も彼も、それならそうと言うはずです！」

「そ、そうだよね」

彼女の迫力にのけぞった。この子にまさか、こんな力強さがあったとは。

「ちなみにその、成瀬先生とは、学校でSNSの話はしないの？」

「そんなの……できません。先生だってそんなそぶり見せないし」

伊織は悲しげに目を伏せてから、

「でも！」

と気持ちを持ち直すように僕を見据えた。

「やりとりしている彼のアカウント名って『NY152』っていって。成瀬先生の下の名前は洋次だから、イニシャルにも合ってるんです」

SNSで使うアカウント名は愛称でも自分の憧れる名前でもなんでもありなので、イニシャルが合致したからといっても、たまたまだった可能性はある。それに……。

「『152』の意味は？」

「それは……」

伊織のほうもそこは考えていなかったのか、うーん、と考え込んでしまう。

「たとえば身長とか？」

「成瀬先生はすごく背が高くて、スタイルもいいです！」

とりあえず思いついたことを口にしてみたが、今度は間髪を入れずに言い返された。

「そんなことより、呼人さんは同じ男性として『NY152』のこと、どう思います？　わたしはこれまでやりとりしてきて、もう成瀬先生としか思えないし、そうならいいなって……。でも、もしそうだとしたら、ネット上で顔が見えないっていっても、すごく緊張しちゃうし、これまでみたいに気軽に会話できなくなっちゃいそうで、それも不安なんです。『NY152』が成瀬先生だとしても、仮に別の誰かだったとしても、いったいどういう気持ちでわたしと話してるのかな」

オリオンの外で目にしたときと同じだ。触れたら崩れてしまいそうなほどに、彼女は儚《はかな》げだった。

「呼人さんは、どう思います？」

ふたたび伊織に問われる。

しかし、なんと答えてよいのかわからず、尻込みしてしまう。

だいたい僕は、成瀬先生と会ったこともなければ彼を見たこともない。伊織のクラスでの様子や交友関係だって知らないし。そして一番の問題は、僕にそのSNSで見知らぬ相手と親しくなるような甲斐性《かいしょう》やスキルなど一ミリもないことだ。

彼女は僕を買いかぶっているのか、試しているのか。いや、そもそもひとを見る目が養われていないんじゃないのか。

そんなことをひとり心の内で思ってみたものの、すがるような目をする伊織に向かって口には出せない。何か僕に協力できることはあるだろうか。

「ねえ、伊織ちゃん」

SNS上で彼女がやりとりしている相手を特定することは難しいだろう。でもせめて、まっとうな相手なのか、あるいは……あまり考えたくなかったが、何か企みを持って近づいてきた不審者なのか、その手がかりだけはつかんでおきたい。

「よかったらその、『NY152』の――『彼』とのやりとりを見せてくれないかな」

なるべく優しく、かつさわやかに頼んだつもりだったが、

「えっ！　そんなの無理です！」

伊織は僕が想像していた以上に、猛烈に拒絶した。

「でも、聞いた話だけじゃ、なんとも言えないし」

「ヤダ、絶対！」

「相手が何を考えているのか知りたいんでしょ？　だったら実際の会話が一番の手がかりになると思うんだ」

「そんなの恥ずかしいもん。呼人さんはカノジョとのSNSの会話、いまここで、いきなりわたしに見せられますか？」

「いや、それは……」

無理だ。そもそもカノジョいないし。

「たしかに、伊織ちゃんの気持ちも考えずに、いきなりごめん。やっぱり恥ずかしいよね。でも、だったら最近よく話してるっていう、映画の話題の部分だけでもだめかな。僕には答えられないかもしれないけど、かすみさんだったらそこから何か手がかりがつかめるかもしれないし」

すると、ようやく伊織の拒否反応が薄まった。

「本当にちょっとだけ？」

「うん、大丈夫。見せられる範囲でいいから」

「じゃあ……」

彼女は渋々ながらも、ポケットからスマホを取り出して起動すると、手慣れた手つきで画面を操作した。

「はい、これ。あ、勝手にスワイプしないでくださいね」

僕は深くうなずくと、スマホを受け取り、表示されたやりとりを眺めた。

吹き出しの中に『NY152』との会話が並んでいる。ダイレクトメッセージで、他のユーザーを介さず、ふたりきりでしているようだ。

日付は三日前。『NY152』の相手は『totoro-i』。

「この、『トトロ・アイ』？　って伊織ちゃんのアカウント名なの？」

さすがの僕もトトロは知っている。スタジオジブリの人気キャラクターだし、ショッピングモールのテナントでも、ぬいぐるみがたくさん並んでいるのを何度か目にしたことがあった。彼女は小柄で痩せており、トトロっぽくはないので、たぶんトトロ好きが高じてその名前にしたのかもしれない。

「はい。それから、始めたころはオープンにしてたんですけど、彼と話すことが増えてからは鍵をかけてます」

『鍵』というのは、フォロー関係を結ぶ際に承認が必要になる鍵付きアカウントのことだ。アカウント名のうしろについている鍵のマークがそれを示している。

totoro-i🔒
へえ、そんなエピソードがあったなんて、すごい！　わたしも観たことあったのに、全然気づきませんでした。よくご存じですね。

NY152
『ブレードランナー』の他に別エンディングで有名なのは、『バタフライ・エフェクト』かな。ラストで流れる曲が心に沁みるんだ。僕は過去にレンタルで観た。あの作品には劇場公開版以外に三パターンの終わり方があってね。特典映像のエンディングふたつは劇場公開版と似たようなシーンなんだけど、やっぱり公開版が一番好み。もうひとつのディレクターズカットのエンディングは、ちょっと悲しすぎて、個人的にはおすすめできないな。

前後の会話を読んではいないが、『NY152』がなかなかの映画通だろうことはわかった。伊織のコメントからも、相手に同調して会話を盛り上げようとしている感じが伝わってくる。しかし、残念ながら僕は、『ブレードランナー』という作品も『バタフライ・エフェクト』とやらも観たことがない。そもそも、映画のラストにふたつも三つもラストがあったら感情移入ができないんじゃないかと思ってしまう。

「それで、どう思います？」

画面から顔を上げると、伊織がじっと僕を見つめていた。

思わず唾を飲み込む。いや、そんな、目から鱗の回答を期待されても……。

「なんとなくわかったけど、伊織ちゃんにとってセンシティブなことかもしれないから、念のためかすみさんにも相談してから伝えるよ」

などと、まじめ顔で伝えてみる。センシティブってなんだよと、自分にツッコみながら。

「心の準備はできてるから、いま知りたいです」

「あ、いや、その……センシティブな話だから」

「教えてください！」

「そろそろ休憩終わりでフロアに戻らないといけないし」

「ここまでつき合っておいていきなり突き放すんですか」

「かすみさんにも確認してから絶対に伝えるから」

そうしてなんとか伊織のプレッシャーをかわしきり、翌日までに返答する約束をして、彼女を帰した。

はあぁ、と大きくため息をつく。

この場はなんとか収まったが、なんであんな見栄を張ってしまったんだろう。僕には映画のことはおろか、男女の機微《きび》についてだってたいして答えられないのに。

これは本当にちゃんとかすみさんに相談しないと大変なことになりそうだ。僕の信用問題にもかかわる。

そうして館内に戻ろうとしたとき。

「ん？」

ふと、舗道沿いにある近くの店の看板裏から、走り去る人影が見えた。

うしろ姿からすると、少年のようだった。

4

その日の夜。

すべての上映が終了し、清掃と片づけを済ませて事務室に戻ると、かすみさんがソファのテーブルにたくさんの書類を広げていた。トランプで『神経衰弱』でもしているかのように、それらとにらめっこしている。

彼女は、僕に気づくと表情をやわらげた。

「おつかれさまです。いま、紅茶淹れますね」

そしていつもと同じく軽快に、事務室の一角にある簡易キッチンに向かった。

僕は礼を言って、ソファに腰かける。

朝のミーティングの前、夜の上映終了後には、紅茶かコーヒーでティータイム。これはオリオンの日課のようだ。ときにはふたりで、日によっては学生や主婦のアルバイトスタッフも交えて、みんなで何気ない雑談を交わす。雑談といっても、たいてい盛り上がるのは映画談義だったが。映画館で働こうというひとたちだけあって、みんな映画が好きなのだ。そしてそれは、朝であれば開館直前まで続き、時計を見たかすみさんが慌てて立ち上がる、ということもしばしばだった。

「どうぞ」

彼女が両手に持ったカップのうちのいっぽうを僕によこした。

落とさないように慎重に、両手で受け取ったそのとき、持ち手を支えるかすみさんの指と僕の指先が絡んだ。瞬間、心拍数が急上昇する。

「あ、ありがとうございます」

テーブルに広げていた書類を束ねていく彼女は、どうやら僕の心中には気づいていないようだ。

毎日朝から深夜まで、いったいいつ帰るのかというくらい、かすみさんはオリオンにいる。休みの日はちゃんとリラックスできているのだろうか。同年代の女性のように、ショッピングやランチをしたり、旅行に行ったりなんていう話を、彼女からはまるで聞かない。それはただ単に、僕がそこまで親しくないから、ということなのかもしれないけれど。

最終上映の映写が終わると、ロッキーさんはいつもさっさと帰ってしまう。今日のシフトはラストが僕とかすみさんのふたりだけだった。

「呼人さん。今日は何か、変わったことありました？」

こう切り出すときにはすでに、彼女は支配人の顔だ。

「お客さんや設備についてはとくに問題ありません。ただ――」

「ただ？」

かすみさんが首をかしげる。

「伊織ちゃんからひとつ、相談を受けてしまいました」

そうして僕は、夕方伊織が話してくれたことを、なるべく時系列で詳しく伝えた。

スマホの画面上の会話も含めて、すべて。

紅茶の湯気がふたりの間をたゆたう。

ときおりちびちびとカップに口をつけながら、飲み切ると同時にひと通り話し終えた。

彼女の反応をうかがうと、どことなく浮かない顔をしている。

「どうしました？」

「ここだけの話にとどめてくださいね」

かすみさんは、慎重に言葉を選ぶように続ける。

「伊織ちゃんは……ここに来るといつも元気ですが、学校ではひどく引っ込み思案で友達も少ないようなんです。どうも、自分の性格や容姿に自信が持てないらしくて。あ、でも、これは本人から直接聞いたわけではありません。以前ロッキーさんから、伊織ちゃんのご両親が心配されているというお話をうかがっただけで……」

その話は、さほど意外には感じなかった。実際に初めて彼女を見たときの、気おくれしたような表情と、今日話したときの快活な印象とでは、まるで別人だったから。

でも、それはおかしなことではないと思う。だって、僕も似たような経験を痛いほどしてきているから。

かつて学校でクラスメイトにからかわれたときには、ひと言も言い返せずに縮こまっていた。それでも、家でばあちゃんと話しているときには笑顔も出たし、軽口もたたいた。安心できる居場所では自分らしく振る舞えたんだ。

だから、時と場所、相手によって見られ方が違うのは、ふつうのことだ。

かすみさんが続ける。

「わたしはそんな伊織ちゃんを応援したくて、先日はいろんな作品を紹介しました。でも……」

彼女の目が、戸惑いで小刻みに揺れた。

「学校の宿題だってたくさん出ているでしょうし、部活動もある中で、そんな多くの映画、観られるわけないのに。わたし、彼女のためにならないことをしちゃったんじゃないかって思うんです」

そうか、そんなことを悩んでいたのか。

彼女はとにかく映画には目がなく、『時間は映画のために作るんです』という持論を公言してはばからなかったが、相手の気持ちに寄り添えるやさしい心の持ち主でもあった。そこに、僕も惹かれたのだ。

「かすみさんは、間違っていないと思います。僕だってかすみさんに映画のことたくさん教えてもらって、まだ全然観られてないですけど、どんな話なのか聞いてるだけで、とにかくわくわくしますから」

フォローでもなんでもなく、本心だった。

「ありがとうございます」

彼女がしおらしい表情で声を震わせる。

「あ、あの、ところで、映画の複数エンディングについてですけど」

しんみりした雰囲気にたじろいだ僕は、慌てて話題を変えた。

「『ブレードランナー』のことですね。小説『アンドロイドは電気羊の夢を見るか？』を原作にした一九八二年公開のＳＦ映画です」

さっと解説が出てきた。いつものかすみさんに戻った証拠だ。

それから彼女は、複数のエンディングが作られる理由を教えてくれた。

たとえば監督の、制作中の迷いやジレンマが原因だったり、あるいは、配給会社やプロデューサーとの確執があったり、ときには劇場公開時の不入りが原因で、あとからソフトを出す際に修正したりなんてこともあるそうだ。

「別エンディングとはまた違いますが、呼人さんが初めてオリオンでご覧になったヴィム・ヴェンダーズ監督の『ベルリン・天使の詩』にも監督の遊び心が感じられます。ソフトには未公開映像が収録されていて、エンディング後のはじけ具合といったら……なんと言いますか、本編の雰囲気とまるで違うので、最初はわたしもびっくりしました」

僕が観たあの思い出の映画にも、そんな特典映像があったんだ。興味をそそられる。これでまた、『積《つ》ん読《どく》』ならぬ、観たくても観られていない未鑑賞リストが増えた。

いつもおっとりしているかすみさんのスイッチは、すでにばっちり『オン』になっているので、僕は話題を伊織の件に戻す。

「そういえば、伊織ちゃんのアカウント名って、ちょっと意外なんですよ。彼女、ジブリ作品のファンなんですか？」

「ああ、『totoro-i』のことですね」

かすみさんがさらりと答える。ＳＮＳはやらないと言っていたが、伊織のアカウントは知っているのか。

「彼女もロッキーさんと同じ名字で、轟伊織ちゃんていうんですが、大分県に『轟』という字を『ととろ』と読む地域があるようで。以前、わたしがそれを教えたとき、彼女がとても面白がっていたので、そこからとったのかもしれません」

なるほど、『totoro』が轟で、そうすると『i』は伊織のiか。

それにしてもかすみさんは、映画に絡むことなら本当になんでも知っているようだ。

「ちなみに、『NY152』については、いまの話で何かわかりましたか？」

僕の問いに彼女は、そうですね、と人差し指をあごに当てた。

「NY152というのは、映画『ユー・ガット・メール』で、主人公が使っていたハンドルネームです」

いきなり僕の知らない映画のタイトルが出てきた。かすみさんもそれを察したのか、内容を詳しく説明してくれた。

「一九九八年の作品で、トム・ハンクスとメグ・ライアンのロマンチックコメディです。大手書店チェーンの御曹司《おんぞうし》・ジョーと、街の小さな絵本専門店を営むキャスリーンは、現実世界ではライバル店同士で犬猿《けんえん》の仲なんです。ただ、インターネット上ではお互いに素性を知らず、それぞれが相手に信頼を寄せていて。そんな彼らの正体がいつ相手にばれるのか、そしてどうやって本当の恋に気づくのか、いろんな意味でどきどきする素敵なストーリーです」

「『NY152』を『ユー・ガット・メール』からとっているとすると、それはやはり映画好きな人物で……たとえば、成瀬先生が『NY』に自分の名前、成瀬洋次のイニシャルをかけている可能性もあるんですかね」

僕は伊織の願望を代弁するように聞く。

しかし、かすみさんは思いのほか静かに、首を横に振った。

「伊織ちゃんと『NY152』さんとのやりとりが、もしも先ほど呼人さんが話してくださった通りだとすると――」

ここで彼女は間を置き、真剣な表情で僕を見据えた。

「成瀬先生は……実は映画に詳しくないか、そうでなければ『NY152』さんは他の誰かでしょう。おそらく、伊織ちゃんがわたしから聞いたように、映画の筋や雑学をひとから教えてもらったか、ネットの関連サイトで得ていたか」

「そんな……」

複雑な表情を浮かべるかすみさんに、胸がざわつく。どうやら伊織の期待通りには、ことは運ばないのかもしれない。じゃあ、『NY152』とはいったい……。

そういえば、と昼間見かけた少年らしき人影を思い出した。

「あの、かすみさん」

それを話すと、彼女は口を結び、なにやら考え始めた。

5

翌日の夕方。

伊織がまたオリオンにやってきた。前と同じように上映開始直後で、ロビーにはちょうどお客さんがいない時間帯だった。調べてあったのかたまたまなのか、何か相談事をするには絶妙なタイミングだ。

相談事――そうだ、彼女と交わした約束。

昨日の会話を思い出す。

『なんとなくわかったけど、伊織ちゃんにとってセンシティブなことかもしれないから、念のためかすみさんにも相談してから伝えるよ』

見栄を張ってあんなことを口走ってしまったものの、僕に真相などわかるはずもない。しかし彼女は、おそらく僕が濁した話の続きを聞くためにここを訪れたのだろう。

思わず顔が引きつった。

だが、伊織から飛んできた言葉は予想と違った。

「やっぱりわたしの思った通りでした！　『彼』は成瀬先生だったんです」

彼女は受付カウンターに手をついて、身を乗り出しそうな勢いだった。

え、どういうことだ？　先生から直接打ち明けられたのだろうか。

そこへ、

「あら、こんにちは」

伊織の声に気づいたのか、奥の事務室からかすみさんも顔を出した。

彼女はかすみさんを見るなりまくし立てる。

「ねえねえ、かすみん。やっぱり成瀬先生だったよ！　昨日の夜、先週あった合唱コンクールのことをveNgaで話したの。なんとなく、好きだった曲のこととか自分が歌った曲とかをね。そうしたら『彼』からもいろんな歌の感想が届いたんだ。それで、話してるうちに気づいたの。そのレパートリーがわたしの学校で各クラスが歌った自由曲と同じだって！　そんな偶然ある？　だからもう、思いきって聞いてみたんだ。どこの中学なのか。そうしたら彼、うちの中学の名前を出して！　同じ学校だったんだよ！」

初めて会った日に見せた内気な様子は、嘘か演技だったのではないかと見まがうほどに、伊織は一気に話しきった。

そんな彼女に圧倒された僕は、ただぽかんと口を開けて聞いていたが、いっぽうでかすみさんは、ずいぶん冷静な表情をしていた。すでに何かを察して、スイッチが入っているのかもしれない。

「伊織ちゃん、ありがとう。話はよくわかったよ。ところで、成瀬先生って、本当に映画に詳しいの？」

かすみさんの問いに、彼女は「もちろん！」と強くうなずく。

「先生はね、授業中にもいろんな映画の話をしてくれるし、最近は図書委員会からの要望で、先生おすすめの映画原作本紹介コーナーも作ってるくらいなの。はっきり言ってシネフィル。ひょっとしたら、かすみんといい勝負かもよ」

ちなみに、シネフィルというのはフランス語からきた造語だそうで、「相当な映画通」とか「映画狂」なんかを指すらしい。

『うちの支配人は筋金入りのシネフィルだからなあ、ひと筋縄ではいかないぞ』――と、先日ロッキーさんから、謎の忠告とともに教えてもらった。伊織もこの言葉を、ひょっとしたら同じようにロッキーさんから聞いたのかもしれない。

かすみさんと張り合うほどの映画狂がいるのだろうかと思う節《ふし》はあるが、話を聞くかぎり成瀬先生の映画好きは間違いなさそうだ。

「じゃあ、もうひとつ、わたしにも聞かせてほしいな」

かすみさんが急に甘えた声を出す。

彼女が詳しく知りたがったのは、伊織が昨日、僕に話してくれたこと――からかってくる男の子から、成瀬先生が彼女のことをかばってくれたというエピソード――についてだ。

「えっ、また？」

最初、伊織は照れ隠しに嫌がってみせたものの、ぽつぽつとそのときの状況を語り始めた。

内気な伊織は、クラスに親しい話し相手がいないようで、休み時間はたいていロマンスものの小説を読んだり、好きな恋愛映画のセリフをイラスト付きでノートに書いたりしていたという。

いまの目の前に立つ彼女からは相当ギャップを感じるが、昨夜かすみさんが話してくれた通り、学校とそれ以外の場所では見せる顔が違うのだろう。

「それでね、ある日の昼休みに、机の中にしまっておいたはずのノートがなくなってたの。そのときはものすごく焦ったよ。あんなノート、誰かに見られたら恥ずかしくてたまらないもん」

本人にもそういう自覚はあるのか。

「移動教室のときに持ち出して忘れてきたのか、机に出し入れするときにうっかり落としちゃったのかとか、いろいろ考えながら探し回ったの。そうしたら、廊下のロッカーの前でそのノートを手にした男子が立ってて。思わず『それ、わたしの』って声掛けたら、『ロッカーの前に落ちてたのをたまたま拾った』って。わたし、すごくほっとしたんだよ。それなのに、その男子が……」

伊織の表情が曇ったと思ったら、次には目を開いて声を荒らげた。

「中身をパラパラめくってからかってきたの！　近くにいた男子に聞こえるように。もう、わたし、恥ずかしくて、悲しくて」

イラスト付きで書いた恋愛映画のセリフ。なんでそんなものを学校で書いてるんだよ……なんてこと、さすがにいまの彼女には毒づけないが、ひとには絶対に見られたくない気持ちはわかる。

「でもね、そんなとき助けてくれたのが成瀬先生だったの。先生はわたしとその男子を誰もいない視聴覚室に連れていってね。わたしは先生がくれたティッシュで涙を拭いて。男子は離れたところでぶすっとしてた。それから成瀬先生がその男子のほうに近づいていって……叱るのかなって思ったら、急に好きな映画のことを話し始めたの」

「成瀬先生の好きな映画って？」

かすみさんが映画というワードに敏感に反応した。

「『ローマの休日』とか、『ゴースト／ニューヨークの幻』とか。いまちょうど劇場で観てきたんじゃないかって思うくらい、熱く語ってた。『すばらしい恋愛映画にはひとの優しさが詰まってる』って。たぶん、そうやってわたしのこともかばってくれたんだと思うの」

伊織にとって、それはどうやら幸せな記憶のようだ。頬にはほのかに赤みがさしていた。

ちょうどそのときだ。ふと、視界の端に気配を感じた。

オリオンの外を振り返ると、街路樹に隠れて人影があった。

あれは……たぶん、先日見かけた少年だ。

「あの子、前にも」

僕がつぶやくと、同じ方向に目をやった伊織も、「なんで……」と青ざめた。

こちらの視線に気づいた少年がいきなり道を駆け出す。

すると、僕の隣にいたかすみさんが、すぐさまオリオンの外に飛び出していった。

「え、あ、ちょっと、かすみさん！」

僕も慌ててあとに続く。

舗道に出ると、かすみさんが数歩先で、さらに路上の向こうに逃げていく背中に呼びかけた。

「『NY152』って、あなただったのね！」

その瞬間、少年がぴたりと足を止めたのがわかった。

6

僕が誘導するように先頭を歩き、背後には伊織、続いて少年と、彼に付き添うかすみさん。僕たち四人は順番にオリオンの屋上に出た。

暮れなずむ街並みは、あと一時間もすれば薄闇に包まれようとしていた。

上下とも黒のジャージを身にまとった少年は、市川《いちかわ》と名乗った。彼は伊織のクラスメイトで、彼女のノートを拾い、からかった男子だった。

僕はふたりに、ベンチに腰かけるように促した。

伊織は萎縮しているのか、うつむいたまま返事もしない。先ほどとはまったくの別人だ。これが学校にいるときの姿なのだろうか。あるいは、苦手な男子が近くにいることで、怒りのやり場がない思いでいるのかもしれない。

市川のほうも、目をそらしたままだった。ふてくされているわけではないが、ひどく居心地が悪そうな顔をしている。

結局四人とも、ばらばらに立ったままだ。

「市川くん、教えてくれるかな」

かすみさんが穏やかな笑みを浮かべて問う。

「まずは、ひとつ目。どうしてここに――オリオンに来たの？」

彼の虚ろな目が、視線を足元でさまよわせる。何か喉元まで出かけたようだったが、それも唾とともに飲み込んでしまった。

「じゃあ、別の質問。嫌だったら、話さなくていいから」

かすみさんがほほ笑む。彼女は少しでも市川の心を開きたいと願っているようだった。

「市川くんが伊織ちゃんのノートを拾ったのは偶然？　それとも、拾ったんじゃなくて盗んだの？」

その問いに、伊織の顔がこわばった。

「盗んでなんかない！　本当に偶然拾ったんだ」

ここで初めて、市川が主張した。すらりとした長身で短髪の彼は、よく通る声をしていた。

「じゃあ、伊織ちゃんをからかったのは、面白がって？」

「それも違う。そんなつもりなかったけど、近くに他の男子がいたから、つい……」

彼はかすみさんに向かって答えてから、伊織を一瞥《いちべつ》した。

「ついって、何よ」

伊織が目を伏せたまま つぶやいた。その声に不満がにじむ。

市川の言葉は途切れ、僕たちの間を、ふたたび重い空気が漂い始めた。

「市川くんはもともと、伊織ちゃんのこと、気にかけていたんじゃないかな」

彼の心情を代弁するように、かすみさんが口を開いた。

しばらく沈黙を続けてから、彼はこくりとうなずいた。

「嘘」

伊織が吐き捨てるように言う。

「嘘じゃない」

信じようとしない彼女に、市川は不機嫌そうな声を出した。

彼ははっきりと伊織を見据えている。

「俺さ……ふだんクラスの盛り上げ役ばっかやってるから、ただのお調子者だって思ってるかもしれないけど……べつに、みんなとはしゃぐのだけが好きってわけじゃないんだ。それより、轟みたいにひとりで自分のしたいことするの、ちょっと憧れてて」

「ばかにしないでよ」

伊織が声を震わせた。うつむいたままの顔はひどく紅潮している。

「してないよ」

市川は冷静な面持ちで彼女を見つめた。

「轟とは全然接点ないし、話すチャンスもなかったから……だから、たまたま廊下のロッカーの前で名なしのノートを拾って。そしたらそこに轟が駆け寄ってきて、自分のノートだって言うんだもん。俺、舞い上がっちゃって。ふつうに渡せばよかったのに、まわりの男子の目が気になってからかっちゃったんだ。つるんでる男子たちだったらノリで笑ってくれるだろうって」

気丈に話していた市川も、最後のほうは困り顔になった。

「本気で傷ついたんだから」

追い打ちをかける伊織に、市川は完全にしょげてしまった。

「成瀬先生だったらよかったのに」

彼女のつぶやきはなかなか残酷だった。僕はふたりのやりとりを聞きながら、なんとなく市川への同情を覚えた。

「それで、市川くんは、仲直りしたかったのかな」

かすみさんが気遣うように問いかける。

市川はショックを引きずった表情のまま、なんとか声を絞り出した。

「あの日以来、ずっと気になってた。このまま嫌なやつだって思われるのがすごくつらかったんだ。でも、轟は俺がちょっと近づいただけで席を立って逃げちゃうし、ものすごく避けられてるのもわかってた」

消え入るようなやるせなさを感じた。

「そんなときに、轟のおじいさんがこの映画館で働いてるってこと、他の女子から聞いて……名画座オリオンで検索してみたんだよ。そうしたら、小さいころによくここで映画を観てたって、ハッシュタグつけてつぶやいてる『totoro-i』を見つけて。それが轟だったらいいなって思って、ちょっとずつやりとりするようになったんだ」

僕の中学生時代では考えられなかった接点の持ち方だ。

「もちろん、早く俺だってこと明かして、ノートのことも謝らなくちゃって思ってたけど……でも、勇気が出なかった。それに、実際にやりとりしてからも、あのアカウントが轟だっていう自信、なかったし」

「それはどうして？」

僕の問いに市川は、少しだけ戸惑いの表情を浮かべた。

「だって、教室にいるときの轟と、SNS上の『彼女』じゃ、話し方もテンションも全然違ったから」

それはたぶん、僕がいくつかの場面で伊織にいだいた印象と同じかもしれない。

「それから、なんとなく映画の話題で盛り上がるようになっちゃって。轟、おじいさんが映写技師してるほどだから、よっぽど映画のこと詳しいんだろうけど、俺なんてたまにレンタルで新作借りて観る程度で、自分の無知がバレたらがっかりされると思ったんだ」

そういうことか。会話を取り繕おうとしていたのは伊織だけじゃなかった。市川は市川で、いろいろと迷いながら伊織とやりとりしていたというわけだ。

でも、それほど映画に詳しくない彼は、そのあとどうやって伊織と映画の話題を続けたのだろう。彼女が見せてくれたスマホの会話を読むかぎり、『NY152』の知識もなかなか豊富そうな気がしたが。

「それで、しばらくはネットでいろいろと調べてさ。考察サイトみたいなのに裏話とかもだいたい書かれてるから。それをもとに、観てもない映画のことをいかにも詳しそうに会話してた」

僕はちらりとかすみさんを見た。表情こそ変わらなかったが、その口はキュッと結ばれていた。

「俺、最低だよね。やってて苦しかった。騙すつもりなんてなかったし、早く本当のこと打ち明けたかったけど、『彼女』もすごく楽しそうに反応してくれるから、なかなか言えなかった」

市川は自分の不甲斐なさを悔いるように歯を食いしばった。

「最初から成瀬に相談してたのに、結局勇気が出せなかった」

そのとき、伊織が初めて顔を上げた。彼女は驚いた様子で市川を直視する。

「成瀬先生？　相談て、なんの？」

「実は視聴覚室に呼ばれた次の日も成瀬に声を掛けられて、あのひと、俺のことも気遣ってくれてたんだよ。それから映画の話もさらに聞くようになって。轟かもしれないアカウントを見つけたって話したら、『ユー・ガット・メール』っていう映画を紹介してくれた。俺、それを観て自分があの主人公と一緒だって思った。だから『NY152』っていうアカウントを使ったんだ」

そんないきさつがあったのか。

「でも轟らしき『彼女』とやりとりしてるうちに時間ばっか過ぎて、だんだん自分にも轟にも嘘ついてるみたいで苦しくなってさ。『totoro-i』が轟だって確信したときには、彼女が俺のこと、成瀬だと思ってることにも気づいちゃって……つらかった」

市川の表情から引くに引けなかったもどかしさを感じた。

「もう、ネット上じゃどうにもならなくなって、成瀬にそのこと伝えたら、『大切なことは顔を見て話してみなよ』って言われて……。それから、いつ轟に本当のことを打ち明けようかすごく迷って。で、迷ったまま放課後、あとを追ってきたんだ」

市川は沈んだ顔をした。

もちろん伊織からすれば、彼のしたことに共感などできないかもしれない。映画の話題にしたって、結局嘘を重ねていたのだし。

でも、それでも僕には、彼を完全に否定することはできなかった。

思いを寄せていたはずなのに、向かい合うとうまく真意が伝えられず、望んでいなかった態度をとってしまう。そういうことは誰にでもあるんじゃないか。それに、彼が映画好きを装って伊織と接してしまったのって、それはそのまま、僕が伊織にとった態度と同じだ。見栄を張ったって、いずれあとからぼろが出るし、ばかげたことだってわかっているのに……。

伊織も市川も、抜け殻のように茫然としていた。中学生ふたりにこんな顔をさせたくはなかった。

「ねえ、市川くん――」

そこへ、かすみさんが口を開いた。

「SNSでのやりとりで、市川くんは映画の話題以外に自分を偽っていたことや、本当の自分よりもよく見せていた部分て、あったかな」

すると彼は、首を強く横に振る。

それを見たかすみさんは目尻を下げた。そして今度は、伊織に向き直り、優しく声をかける。

「ねえ、伊織ちゃん。もう一度だけ、『NY152』さんとのこれまでのやりとり、読み返してみたらどうかな。映画のことは置いといて、何気ない日常のこととか、伊織ちゃんが話してくれた合唱のこととか」

相手が市川と知ったうえでそれを読み返してみたときに、はたして伊織は、どう感じるのだろう。彼の——市川の思いに、彼女はなんと答えるのか。

長い沈黙のあと、伊織はかすみさんの言葉に小さくうなずいた。

7

かすみさんとふたりで、市川と伊織をそれぞれ順に帰してから、僕は夜の最終上映回が終わるまでせわしなく働いた。かすみさんも映写業務や事務室での電話対応が入ったので、落ち着いて向かい合ったのは、今日も入り口ドアを施錠して外の明かりを消してからだった。

館内清掃を終えて事務室に戻ると、かすみさんがコーヒーを注《つ》いでくれた。

「呼人さん、おつかれさまです。はい、どうぞ」

「ありがとうございます」

僕はソファに座ると、礼を言ってからカップに口をつけた。深くかいだ芳醇《ほうじゅん》な香りが心地よかった。本来なら、ここでまったりと静かな時間を楽しむのも乙なものだろうと思ったが、今日は質問が山ほどある。

早速本題を切り出した。

「かすみさんは、どうやって『NY152』の正体に気づいたんですか?」

ちょっと唐突すぎたかと思ったが、問題なさそうだ。彼女はにっこりほほ笑むと、まるで僕に問われることを予想していたかのように話し始めた。

「少なくとも、成瀬先生でないことはわかっていました」

「えっ、それはいつからですか?」

「最初からです」

かすみさんが涼しげに答える。

「伊織ちゃん、『NY152』さんが『E.T.』について、『あのジャケットの、指と指を合わせるシーンっていいよね』――そう話してくれたと言っていました」

「はい、たしかに」

僕はまだ、その映画を観たことはないが、レンタルのジャケットでビジュアルは何度か目にしている。

「あの場面、ソフトのジャケットや作品紹介なんかに使われていてとても有名なんですが、実は本編には登場しません」

「そうなんですか!?」

僕は思わず目を見開いた。

「ネットで観られる予告編にE.T.の指先が光る場面は出てくるので、本編を観ていなかった市川くんが実際のシーンだと思い込んでしまったのかもしれません。それから、レンタルで観たという『バタフライ・エフェクト』の衝撃的な別エンディングは、販売用のソフトにしか収録されていないんです」

市川はそれについても、ネット上にあった情報だけを頼りにしてしまったのかもしれない。

「それからもうひとつ、成瀬先生が伊織ちゃんに、『バタフライ・エフェクト』を勧めるはずはないんです」

「どうしてですか？」

僕もあのあとネットであらすじを検索してみたが、過去に遡《さかのぼ》って何度も人生をやり直すという話は、かなりの人気を博しているようだった。

「映画には『レイティングシステム』というのがあって、映画倫理委員会の、通称『映倫規定』が用いられています。具体的には、暴力描写や性描写について、鑑賞するにふさわしい年齢を設定し、明示します。『R18+』や『R15+』ですとか、小学生の保護者同伴を義務づける『PG12』などがそうです」

そういった言葉は、これまでも耳にしたり、目にしたりしたことがあった。

「そして、『バタフライ・エフェクト』はR15+です」

なるほど、十五歳未満の入場・鑑賞を禁止している作品であれば、いくら映画好きだとしても、教師が中学生に勧めはしないだろう。

「アカウントに『NY152』を使用していることは、市川くんも『ユー・ガット・メール』からつけたと話してくれましたよね。あの映画の主人公・ジョーは、ヒロインのハンドルネームである『Shopgirl』に対して、自分の正体を隠したまま接することに何度も悩みます。わたしには市川くんが、ジョーとも重なって見えました」

かすみさんには全部お見通しだったんだ。

でも彼女は、たとえ誰よりも早く真相を知ったとしても、それをいたずらに口にはしない。あくまで関わるひとの気持ちを考えて、彼らの心に寄り添おうとする。

「伊織ちゃんと市川くん、これからどうなるんでしょうね」

僕はなんとなく、思ったことをつぶやいた。

「映画の話題以外は、お互いに思っていること、感じていることを素直に伝えていたようですから、もしもそこで感性が合うんでしたら、きっとわかり合えるんじゃないでしょうか」

かすみさんはカップに残っていたコーヒーを飲み干すと、深く息を吐いてから幸せそうに目を細めた。

8

そして、一週間後。

最終上映回のあと、いつものように清掃を終えて事務室に戻ると、かすみさんがひとり、入り口脇の事務デスクにかじりついていた。

お互いに「おつかれさまです」と声を掛け合う。

このあと行うミーティングのため、僕はいつものようにソファに座ったが、かすみさんは相変わらずパソコンとにらめっこしたままだ。

「呼人さん、『〈心躍る、見知らぬ相手との交流〉シリーズ』なんてどうでしょうか」

彼女が背を向けたまま聞いてきた。

そうか、今後の上映プログラムを組んでいたのか。オリオンでは、スタッフに意見を聞きつつも、最終決定は必ずかすみさんがすることになっていた。これは先代であるおじいさんのころからの伝統らしい。

「ラインナップは『ユー・ガット・メール』、『(ハル)』、それから一九四〇年の作品で、『ユー・ガット・メール』のリメイク元である『桃色の店』なんかを考えています」

「それ、面白そうですね。僕もぜひ観てみたいです」

はたして僕の返事に気をよくしたのだろうか、それはさだかではなかったが、彼女はそのあとも『〈衝撃のクライマックス〉シリーズ』や、『真夏の夜のホラー祭り』など、いくつものシリーズ名と作品構成案を挙げた。

どれも観たことも聞いたこともない作品で、それらはどうかと意見を求められても、正直僕にはさっぱりだった。

それにしても──と、ノートパソコンとにらめっこしながら考え続ける彼女の背中を眺めた。連日朝から夜まで働き、誰よりも遅くまで残っているけれど、からだはきつくないのだろうか。

「かすみさん、無理しないでくださいね」

僕が気遣うと彼女は、

「ありがとうございます。でも大丈夫です。時間は映画のために作るものですから」

またしても独自理論を持ち出してきた。僕にはそれが心配だった。

「はぐらかさないでください。本当に、家に帰ってちゃんと休んでるんですか？」

つい、自分でも意外なほど強い口調になってしまった。

かすみさんが背を見せたまま黙り込み、うつむく。

あ、やばい。これ、もしかして、落ち込ませちゃったか……。

思いも寄らない彼女の反応に怯んだ。

するとかすみさんは、座ったまま椅子をくるりと回転させ、こちらを向いた。

「せっかく真剣に気遣ってくださったのに、すみませんでした」

そして深く頭を下げた。

「あ、あの、顔を上げてください、かすみさん」

支配人に謝罪させるアルバイトなんて聞いたことがない。

慌てる僕に、彼女はゆっくりと顔を起こすと、真剣な面持ちで言った。

「呼人さん。このオリオンが、わたしの家なんです」

ええっと、それは……。

「精神的に、ですか」

「いえ、言葉通りです」

これまで彼女からは、近くに住んでいるというふわっとした情報しか聞いたことがなかった。こちらからあまり深く聞いても下心があると思われかねないため、その話題は控えてきた。でも、僕が心から心配していることが伝わったのだろうか。

「二階の一室がわたしの居住スペースなんです」

そうだったのか……。

「食事はどうしてるんですか」

「料理はここのキッチンを使っています」

「なんでそんな生活を」

驚いて思わず聞くと、彼女の顔に影が差したように見えた。

「祖父が亡くなって、生活が一変しました。オリオンを守るためでした」

まだ僕が知らない、オリオンの歴史。そんなものの一端が垣間見えた気がする。ここには、そして彼女には、いったいどんな過去があるんだろう。

「続きは、またいずれ」

こちらの心を見透かしたようにかすみさんが答えたところで、デスクに置いてあった彼女のスマホ画面が一瞬光った。

「通知でしょうか」

僕が声を掛けると、彼女は振り返って画面を開いた。すると、その顔がまたたく間にほころぶ。

「かすみさん、どうしました？」

「伊織ちゃんが今度、市川くんを連れてオリオンに来るそうです」

「えっ、あのふたりが!?」

まさか、と思った。あんなに険悪そうに見えたのに、こんなに早く打ち解けるなんて。

　まあ、たしかに……学生時代を振り返っても、接点なんて全然なさそうに見えた男女がいきなりつき合い始めた光景なんて度々目にしてきたから、ありえないことではないのだが。こればかりは当事者にしかわからないものだ。

「だから、彼女たちに合った作品を紹介してほしいそうです」

　いきなり映画館デートか。僕だってまだ、かすみさんとふたりで観たことないのに。控えめに言って……羨ましい！

「映画は、時間と空間を行き来できる魔法ですし、人生が詰まった宝物でもありますから。ふたりのためにもしっかり選ばないと」

　彼女の声が弾んだ。

「僕もかすみさんのおすすめ作品、もっと観たいなあ」

　いい感じの雰囲気に乗っかって、砕けた口調で言ってみた。

「わかりました。じゃあ、今日はオールナイトで『かすみのおすすめ百選』、いきましょう！」

　彼女はそう息巻いて腕まくりする。

「いやいや、それは待ってください！」

　かすみさんの体調を気遣っていたはずが、なんだか思わぬ展開になりかけて焦った。

　ただ、こういうひとときが好きだ。

僕にとってオリオンで働けること、かすみさんと一緒に働けることは、この上ない幸せだ。

それは嘘偽りない思いだった。

第4話　一千万円の送り主
（『スラムドッグ$ミリオネア』）

1

その日の午後、『名画座オリオン』のロビーは、とても穏やかだった。

ふたつのスクリーンはいずれも上映中で、上映終了までにいずれもまだ一時間以上あるせいか、ここにお客さんの姿はない。外からやわらかな光が差し込み、白壁が明るく映える。

働き始めて一か月半。週六日、朝から夕、あるいは午後から夜のシフトで入り続けているため、いまやアルバイトスタッフの中ではもっとも長い時間勤務している。

いろんな業務に慣れてきた僕は、『ボックス』も任されるようになっていた。

受付でのチケット販売、つまりお金を扱う仕事だ。まだ映写室には入らせてもらえないものの、オリオンでのポジションが一段上がったような気がして嬉しかった。

最近では、勉強のため……いや、それよりは純粋に映画への興味が膨らんできたため、毎晩レンタルショップで借りてきた作品を鑑賞している。たいていはかすみさんから勧めてもらった作品だ。彼女は毎回違うジャンルから、世界各国の映画を次々に紹介してくれる。まるで映画のコンシェルジュのようだ。

どれもものすごく惹き込まれ、印象に残った。僕が観た作品なんて、世の中に存在する数多《あまた》の名作のうちのごく一部だろう。まだ出会っていない作品の数を想像するだけで眩暈《めまい》がしそうだが、そんな僕にかすみさんは言った。

『何本観たかなんて、あまり重要なこととは思いません。もちろん、たくさんの作品に出会うことでさまざまな価値観に触れることはできます。本や音楽もそうでしょう。でも、ひとつの作品への思い入れや鋭い洞察力がなければ、それは心には残りません。多くの知識を持たなくても、好きな作品を何度も観て愛し続けることができるのなら、それだって素敵なことだと思います。たとえば……友人の数や親友の存在、彼らとの関わりにも置き換えられるのかな、なんて。なんか、人間関係にも似ていますよね』

そうか。言われてみれば、たしかに近い気がする。知り合いの数を競ったところで意味はない。大切なのはお互いに対する信頼や安心感だろう。映画だって同じだ。

勇気づけられたり、励まされたり、心揺さぶられたり、驚かされたり。その世界を体感した経験は、実際に知らなかったひとと出会ったり、新たな土地を訪れたりしたときと同じくらい貴重なことだと思う。

それなのに、とかすみさんは、映画を取り巻く環境への憂いも話してくれた。

『ここ数年、日本で公開されている映画は一年間で一千作品を超えていて、昔と比べても増えています。それにもかかわらず、日本人が一年間に映画館に行く回数は平均一・四回程度です。年間一二本以上——つまり、平均すると月に一本ペースで映画を観る人は〇・三五パーセント。千人に三、四人ほどなんです。ネット配信やレンタルが主流のいま、映画館に行くという行為は残念ながら日常的ではなくなってきているのかもしれません。それに、ショッピングなどのついでに寄れるシネコンが大勢を占め、全国の小さな映画館はずいぶん減っているんです』

彼女はそう言って寂しげな表情を浮かべていた。

全国の小さな映画館……オリオンもそのひとつだろう。はたしてここの経営は大丈夫なんだろうか。

かすみさんは、そういうことについては滅多に話さない。立ち入った質問をしてはいけないと思って僕から聞くこともない。僕にできるのは、少しでも多くのひとたちにこの映画館に来てもらえるよう、頑張ることくらいだ。

そう密かに決意してうなずいたとき、入り口からひとりの女の子が入ってきた。

2

彼女は横とうしろも覆うつばの広い帽子に、プリーツのワンピースをまとい、ヒールの高いサンダルを履いていた。

高校生か、十代後半くらいだろうか。背は低く童顔だったが、長いまつ毛と人生を達観したような妖艶な瞳のせいか、ずいぶんと大人びた印象だった。

「いらっしゃいませ。次の作品のご鑑賞ですか？」

僕が呼びかけると、ロビーを見回した彼女は、リボンのついた帽子のつばを少しだけ上げ、あら、いたの、という視線を返した。そして、僕の質問には答えず、

「ここに、彩堂かすみさんはいますか？」

と問い返した。

いきなりのことに戸惑い、思わずじっと彼女の顔を見つめてしまった。

この子、かすみさんとはどういう関係だろう。かすみさんも実年齢より若く見えるが、さすがにこの子が彼女と同級生ということはなさそうだ。ひょっとして中学か高校の後輩かもしれない。同じ部活だったとか――そういえばかすみさんがどんな部活をしていたのかも聞いたことはなかったが――それならありえそうな気がする。

「かすみさ……あ、いや、彩堂さんのお知り合いですか？」

思わずいつもの調子で下の名前を呼んでしまった。スタッフ内ではともかく、初対面のひと相手にはまずいと思い、言い直す。

「ええ、まあ……」

ここで積極的に説明してくれたら話はスムーズに運ぶのだが、彼女は言葉を濁した。

僕とはあまり話したくないのかもしれない。

「どういったご用件でしょうか」

「ちょっと確認したいことがあって」

彼女は言いにくそうに目を伏せた。

確認とは……いったいどういうことだろう。ちょっとふつうの用件ではなさそうだ。

僕は時計を見た。

「彩堂はいま映写室で業務をしておりますので、あと一時間くらいはかかるかもしれません」

かすみさんの所在をおいそれと明かしたくはなかったが、これは本当のことだ。この時間はロッキーさんが休憩に入っているため、ふたつのスクリーンともかすみさんが映写を担当していた。

「じゃあ、待ちます」

そう告げると、彼女は僕に背を向けた。

それからゆっくりとした足取りで、壁のポスターやガラスケースの中のパンフレットを見て回る。帽子のつばが横顔を覆い、表情は見えない。

まだ、次の上映のお客さんはひとりも来ていない。ここは僕と彼女、ふたりだけだ。

外はきれいに晴れ渡っていた。

遠くの空で飛行機雲が西から東へと伸びていく。建物のまわりに茂る深い緑色をした木の葉は、日差しをたっぷり浴びて輝いている。

まどろみそうな昼下がり。ふだんだったら穏やかで静かな空間なのだけれど、いまはなんとなく気まずい。

受付に立つ僕と、展示品を眺めたりチラシを手に取ったりする彼女。

ちょうど僕の前方に彼女が立っているので、どうしても視界に入る。でも、だからといって、あまりじろじろ見るわけにもいかない。それで視線を外に向けるが、彼女がかすみさんとどういう関係なのかは、やはり気になった。確認したいことってなんだろう。そしてまた、それとなく彼女の様子を探る。こんなことを十分以上繰り返していた。

「あの……」

だから、何度目かのループで外の景色を眺めていたとき、彼女から声を掛けられたことに気づくのが遅れた。

「あの！」

受付から二、三メートルくらい離れた壁際で、帽子のつばを少し上げた彼女がもう一度僕に呼びかけた。

「はい！」

驚いて、思わず大きな声を出してしまった。

「この映画館、昔の作品も上映してるんですか？」

帽子の彼女が壁のポスターを見て言った。

『ドラキュラ』という作品だった。今月は『ヴァンパイア・フェスティバル』と銘打って夜間帯に特集上映している。ちなみにロビーの壁面には、来週からのラインナップの見所をまとめた紹介文が貼られていた。

クエンティン・タランティーノ脚本の『フロム・ダスク・ティル・ドーン』、トム・クルーズとブラッドピットが共演する『インタビュー・ウィズ・ヴァンパイア』、岩井《いわい》俊二《しゅんじ》監督の『ヴァンパイア』。これらの作品は、ロッキーさんやかすみさんが選んだおすすめらしい。

「そうです。ここは名画座なので、旧作ばかりを上映しています」

「へえ……。レンタルやネット配信でも観られるのに、お客さん入るんですか」

彼女の口調は決して嫌味な感じではなく、ただ純粋に、疑問を口にしたようだった。

「ふつうに上映するだけではお越しいただけません。でも——」

僕はゆっくりと彼女に語る。

「オリオンは特別な場所です。映画というのは古今東西、それこそ星の数ほど存在していますが、ここではジャンルも国も時代も超えた、思いがけない素敵な出会いが待っています。なにせ、当館支配人が気持ちを込めて選んでいますから」

ここで働くようになってから、任された仕事内容以上にかすみさんから学んだこと
――それはこの映画館の存在意義だった。

「なるほど。かっこいいこと言いますね」

目の前の彼女がくちびるの端をキュッと上げた。ツンとした子だと思っていたが、笑うとなかなかかわいい。

「『ドラキュラ』の衣裳って、本当に素敵」

ポスターに目を戻した彼女が恍惚感に浸る。

『ドラキュラ』はフランシス・フォード・コッポラという監督の一九九二年作品だそうだ。コッポラ監督は『ゴッド・ファーザー』で有名だとロッキーさんが教えてくれたが、そちらも含めて、実はまだ僕は観ていない。わかることといえば、主演のゲイリー・オールドマンという俳優が、先日観た『レオン　完全版』の悪徳捜査官を演じていたということくらいだ。あの役は腹が立つほど憎たらしくて、逆にレオンたちに共感しきりだった。

彼女は続けて僕に問いかける。

「あの衣裳、日本人が手掛けているの、知ってます？」

「いえ……、そうなんですか」

「石岡瑛子《いしおかえいこ》さんという、この作品でアカデミー賞も獲っている世界的デザイナー」

恥ずかしながら、そんなことはまったくの初耳だった。

「セットは昔っぽい感じだけど、美しい衣裳に目を奪われて、一気に作品世界に惹き込まれちゃう。監督の演出意図や作品に込められたメッセージを読み取ったうえで独創性も出せる衣裳なんて、滅多にないもの」

かすみさんの知り合いということは、この子もなかなかの映画好きなのだろうか。

話しながら彼女はうっとりとしていた。

そのとき、背後で事務室のドアが開いた。

振り返るとかすみさんだった。

「あれ、かすみさん、映写は？」

「ロッキーさんが戻ったので交代してもらいました」

僕の問いかけに彼女が笑顔で答える。今日はうしろでひとつに束ねた髪を、肩から前に垂らしていた。

かすみさんは僕の背後に立つ女の子に気づくと目を見開いた。

「あら、みなもちゃん！」

とても驚いたような、それでいて喜びにあふれた表情だ。

ロビーの彼女は帽子を脱いで満面の笑みだった。

「かすみちゃん！」

僕と話していたときの落ち着いたトーンが嘘のように、あどけない声が響き渡る。

互いの呼び方からしてずいぶん親しい仲のようだ。かすみさんが受付から飛び出すと、みなもも彼女に駆け寄り、ふたりは僕の目の前で抱擁を交わした。

「大人っぽくなったね、みなもちゃん」

「かすみちゃんは全然変わらない」

「それ、プラスに受け取っていいのかな？」

「相変わらずかわいいってことだよ」

「ありがと」

手を握り合ったまま、久々の再会を懐かしんでいる。

「ところでどうしたの、急に」

かすみさんが尋ねた。

「うん……」

彼女はかすみさんと握り合っていた手をほどき、静かに目を伏せる。

「何かあった？」

心配するかすみさんが彼女をのぞき込むと、

「かすみちゃん」

みなもはしばらく沈黙を続けてから、意を決したかのように言った。

「あのお金、かすみちゃんからじゃないよね？」

戸惑いの色を浮かべたみなもの瞳が小刻みに揺れていた。

3

午後の二回目の上映が始まったところで、かすみさんと僕は休憩がてら、みなもとオリオンの屋上へ上った。急に開けた視界に目を細める。

七月も半ばを過ぎ、日差しがずいぶんと強くなってきた。

ここの塔屋《とうや》――階段を上って屋上に突き出した部分――には長いひさしが伸びているので、その下の陰になった部分にベンチを置いていた。最近ではそこでランチを食べることも多い。

「わあ、こんな場所があるんだ」

興味津々で街並みを見渡してから、みなもが振り返り、

「こんなときは久石譲《ひさいしじょう》さんの『Summer《サマー》』が聴きたくなるね」

と笑った。

さわやかなそよ風に彼女の帽子のリボンが揺れる。

僕たちは三人並んでベンチに腰かけた。

真ん中にかすみさんを挟んで、両側には僕とみなも。

かすみさんはトートバッグからグラスと水筒を取り出すと、手際よく飲み物を注ぎ、僕たちに振る舞ってくれた。

「わあ、これ、おいしい！」

みなもが無邪気に歓喜する。

酸味と甘みと渋みのバランスが絶妙なアイスアップルティーだった。たしかにすごく味わい深い。

「そんなに喜んでくれるとわたしも嬉しいよ」

かすみさんがかわいらしくはにかんだ。

青い空を飛行機雲が伸びていく。

「いまは専門で衣装のデザインを勉強してるの」

学校名を聞けば、隣県にある全国でも有名な専門学校だった。だから『ドラキュラ』の石岡さんのことも詳しかったのだ。

「そういえばわたし、もうお酒も飲めるんだよ」

「あれ、もう二十歳に？」

かすみさんの問いに、みなもが自慢げに答える。

「うん、今月ちょうど」

やはり彼女、僕よりも年下だった。高校生と言われても通じそうな顔立ちなので驚きはしない。

「だからかすみちゃん、今度一緒に飲みにいこうよ」

みなもの誘いにかすみさんが困った顔をした。

「行きたいんだけどね、わたしお酒弱いみたいだから」

かすみさんの『忘年会泥酔事件』――前にロッキーさんと伊織が話していたことが頭をよぎる。

「そうなの？　ちょっとくらいなら酔わないでしょ」

「ううん、でも……」

「久しぶりだから、いっぱい話したいことがあるんだよぉ」

みなもは駄々をこねるように言った。

「おふたりはいつごろからのお知り合いなんですか」

ここで僕は、初めて質問を投げかけた。みなもにどう返事をしたものか思いあぐねるかすみさんに、助け舟を出そうと思ったのだ。

「わたしが小学校一年生のときから」

かすみさんに聞いたつもりだったが、彼女が口を開く前にみなもが答えた。

「そんなに!?」

相当な年月じゃないか。それにしても……。

「さっき、久しぶりに会ったって言ってましたけど、いつ以来なんですか」

「高校を卒業してからだから、二年ぶりかな」

「二年も……。お酒の誘いで来たならそれもいいと思いますけど、今回かすみさんに会いにきたのはそれだけじゃないんですよね？」

僕の問いにみなもが目を伏せる。

「さっきロビーで言いかけたこと、詳しく話してください」

彼女はふうっと息を吐くと、かすみさんに向き直った。

姉に何か大切なことを相談しようとする妹のようだった。

かすみさんもそんなみなもに優しくうなずく。

「わたし、専門学校で勉強するようになってから、ようやく自分のやりたいことが見えてきたの」

「やりたいことって？」

かすみさんが聞いた。

「専門を卒業したら海外に留学してね、もっと本格的に服飾デザインの勉強をしようと思うの。それでいつか、石岡さんやワダエミさんみたいな、世界で活躍できるデザイナーになりたい」

頬を紅潮させながらも、迷いのない口調だった。

「こんなこと言ったら笑う？」

「誰も笑わないよ」

はっきりとした、それでいて温かな声だ。

かすみさんがみなもの手をとる。

「みなもちゃんの芯の強さは、わたしもよく知ってるもん」

いったい彼女たちは、いつどうやって出会ったのだろう。かすみさんの交友関係についてはこの映画館のスタッフ以外、聞いたことがない。

「ありがとう、かすみちゃん」

みなもの目が潤んだ。

「それで、今年に入ってからアルバイトもするようになってね、留学資金を貯め始めたんだけど……先週になって、わたしの口座にお金が振り込まれてたの」

「バイト代ってこと？」

「ううん、もっと大金」

「それって、心当たりのないお金なの？」

「うん」

ここでもまた、僕から思いきって尋ねた。

「いくらくらいなんですか」

しかも、ずっと気になっていたことをストレートに。

だって、よほどのことだろう。かすみさんとは二年も顔を合わせていなかったのが、いまになって急に会いにくるなんて。

ひょっとしたら十万、いや、まさか百万とか……。

「一千万円」

みなもがあまりにもさらりと答えたため、僕は一瞬、いまなんの話をしているのかわからなくなるところだった。

「え⁉」

かすみさんも同じように目を丸くする。

「わたしの口座にいきなり、一千万円振り込まれてたの」

みなもは僕とかすみさんを順番に見てから続けた。

「送り主は、『エスエスサービス』っていう、聞いたこともない名前でね。ネットで調べてもそんな会社はなくて。そもそもわたしの口座の番号を知ってる個人も団体もいないはずだし。だから、闇金なんかが勝手に融資して利息を要求してくる『押し貸し』みたいな犯罪に巻き込まれたのかと思って……なんだか怖くなって、すぐに銀行に問い合わせたの」

僕だったらうろたえるばかりかもしれない。『押し貸し』なんてものがあるのも知らなかった。それに比べてこの子は、なかなかしっかりしている。

「そうしたら、通帳を発行した支店で対応してくれたんだ。わたしの名前と連絡先、それから振込人名義と振込日を伝えてね。で、二日経ってその支店から連絡があったんだけど、振込元とはまだ連絡がつかないから、もう少し待ってほしいって。そんなこと言われても不安ばかり膨らんで……なんだか、みんながグルになって、ドッキリでも仕掛けてるんじゃないかと思っちゃった」

いろんな特殊詐欺が横行する時代だ。その気持ちはよくわかる。

「でも、ネットで調べてみたら、振込元の情報って、向こうの許可なしに振込先であるわたしに教えることができないんだって」

つまり、銀行がみなもに振り込んだ相手と連絡をとることができ、さらにその相手がみなもへの情報開示を認めるまではどうしようもないということか。

「いまはただ、銀行からの連絡を待つしかないんだけど……でもね、思ったの。ひょっとしてかすみちゃんが、わたしのあしながおじさんみたいな存在になってくれたのかなって」

「え、え？　わたしが？」

あしながおじさんなどと言われたかすみさんは、ずいぶんとうろたえていた。

「おじいさんから引き継いだ映画館の支配人になったって聞いてたから。いろんな可能性を考えて、もしかしたらそうなのかなって」

「え、まさか。ううん、わたしじゃないよ」

かすみさんが激しく首を振る。

「わかってる。ここへ来て最初に聞いたときのかすみちゃんの反応を見たら、ああ、違うんだって、すぐに思い直したよ。だって、かすみちゃんが演技で嘘つくなんて、できっこないもんね」

たしかに……裏表のない彼女は、そういうことが苦手そうだ。

「みなもちゃんの夢は応援してるけど、一千万円なんて、そんな……。ごめんね」

かすみさんがなんで謝ってるんだろう。このひとは相変わらずお人好しが過ぎる。

「こっちこそ、勝手に先走って、本当にごめんなさい」

神妙な顔でみなもが頭を下げた。

「そんな、やめてよ、みなもちゃん」

かすみさんが優しく彼女の肩を抱く。

「ご両親や親族の方からってことはないんですか？」

じっと聞いていることができず、僕はふたたびみなもに尋ねた。

彼女の話では、中学からずっと親元を離れているのだ。子どもを心配しない親はいないだろう。

しかし、みなもの反応は予想外に全否定だった。

「それは絶対にない」

それまで気遣いの感じられる受け答えをしていたが、このときは急に語気を強めた。まるで吐き捨てるような言い方だ。

彼女は、顔を曇らせて黙り込んでしまった。

空は青く澄み渡っているのに、日陰にいる僕たちを包む空気はひどく重い。

掛ける言葉に迷っているのか、あるいはみなもが落ち着くのを待っているのか、かすみさんも口を開かなかった。

たまらず僕は、みなもではなくかすみさんに問いかけた。

「おふたりはどういう関係なんですか？」

かすみさんは、開きかけた口を閉じてみなもを一瞥する。

隣に当事者がいるのに、勝手に答えてよいものだろうかと躊躇しているようだった。

すると、かすみさんのかわりにみなもが僕を見て言った。

「わたしのこと知らないんだね。それはよかった」

自嘲気味に笑う彼女に僕は戸惑う。

「わたし、これでも一応、元有名子役なんだ」

みなもが小さくつぶやいた。

そうだったのか……。映画のことに疎い僕は、テレビドラマもそんなに観てきたほうではなかったので、芸能人のこともよほど有名じゃないかぎり、名前も顔もわからない。

ただ、みなもが元子役だと聞いて、少々驚きはしたものの意外ではなかった。彼女は端正な顔立ちをしているし、若いわりになんとなく世の中のあれこれを悟ったような物憂げな目をすることがあり、最初に見たときからオーラのようなものを感じていた。

「いまは母方の姓で、安藤《あんどう》みなも。当時の芸名は『みなも』。物心がつく前からチラシや雑誌のキッズモデルをしてたの」

そうしてみなもは、かすみさんとの出会いを話してくれた。

幼稚園のころには芸能事務所にも所属していたという。彼女のマネジメントはおもに母親が行っていたようだ。小学校にあがるときにはすでに演技経験も豊富で、いくつかのテレビドラマでは子役としてセリフもあったとか。

そのうちみなもは、何千人もの子役が挑んだ映画のオーディションで重要な役を勝ち取る。彼女が小学一年生のときだ。デビュー作は、配給会社がその年一番力を入れた作品で、舞台挨拶も東京や大阪だけでなくいろんな都市で行ったらしい。

みなもは名だたる大人の俳優たちや監督と一緒に全国を回った。出演者らが二、三人ずつ組になり、一日で何か所も訪れる計画で。そんな中、新幹線の停車駅があるこの街も対象になり、近隣のシネコンをハシゴしたあとで挨拶回りにやってきたのだそうだ。ただ、来てみたらひどく規模の小さな映画館で、監督やスタッフたちはみんなびっくりしていたとか。

「かすみちゃん、あのときは本当にごめんね。かすみちゃんのおじいちゃん、いきなりの訪問にも気さくに応じてくれたのに」

もう十年以上前のことだし、そもそも当時のみなもにはどうすることもできなかっただろうが、彼女は昨日のことのように申しわけなさそうに詫びた。

「もともと計画になかった訪問だったのに、その監督さんの気まぐれでみなもちゃんに出会えたんだから。これも何かの縁だよ」

かすみさんがにっこりとほほ笑む。

「おじいちゃんが亡くなったときにも、お葬式に出られなくてごめんなさい」

「ううん、急なことだったから」

かすみさんのおじいさんが亡くなってから、もう五年以上になると聞いていた。まわりの空気が愁いを帯びて重く感じた。

「あ、そうそう」

そんな雰囲気を変えようと、かすみさんが明るい声を出す。

「あのときわたしは中一で、ちょうどおじいちゃんの手伝いがしたくてロビーにいたんだよね。いきなり知らない車がたくさんやってきたから驚いたけど、降りてきたひとたちの中にみなもちゃんを見つけて。大人同士で挨拶を交わしてる間、ふたりでやとりして遊んだの、覚えてる？」

みなもは目を細めて大きくうなずいた。

「わたし、ひとりっ子で、幼稚園のときも小学校に入学してからも、仲のいい友達なんてひとりもいなかった。いつもレッスン、レッスン……、レッスンばかりで遊んだ記憶なんてなかったの」

彼女の顔が曇る。

「スタジオも大人ばかりだったし、たまに同年代の子役の子たちもいたけど、向こうのママたちがなんとなくわたしたちを引き離すの。役の上では仲よしなのに、カメラが回ってないところではライバル心むき出しで、子ども心にそういうのがつらかった。だから初めて会ったかすみちゃんがわたしを妹みたいに見てくれたこと、すごく嬉しかったんだよ」

そうか、ふたりの出会いはそんな偶然から生まれたのか。

僕の知らないかすみさんの過去を、ほんの少しだけ聞くことができた。彼女の純粋さは昔から何も変わっていないようだ。

ともあれ、みなもはそのとき自然体で接してくれたかすみさんのことが好きになって、それ以来文通を続けていたという。

「でもね、かすみちゃん……」

急にみなもの声のトーンが落ちた。表情も暗く、元気がない。

「わたし、ずっとかすみちゃんに嘘ついていたことがある」

ちらりとかすみさんを見た。彼女もみなものほうを向いていたため、表情はわからない。ただ、その膝の上の拳は不安げに握られている。

「嘘って？」

かすれた声でかすみさんが聞いた。

「小学校を卒業して芸能活動を辞めるって決めたとき、わたし……両親の勧めで学業に専念することになったって、かすみちゃんにはそう報告したよね」

「うん」

「本当は違うんだ」

みなもの横顔が、嫌な記憶にとらわれたように苦しげに歪む。

「母はわたしに芸能活動を続けさせたかったようだけど、わたしは絶対に嫌だった。一刻も早く、両親から、大人から、それとお金の世界から離れたかったの」

かすみさんが何かを言いかけて、また口をつぐんだ。

「もちろん、かすみちゃんと交わした手紙に書いてたことは全部本当だよ。全然知らない土地で寮生活を始めてみたら、先生やルームメイトのみんなともすぐに打ち解けられたし、大切な親友もできた。あっちには映画館もなくて、みんなわたしが出てた映画なんて観たことなくて。当然わたしが子役をしてたことも知らなかったし、こっちからもそのことは話さなかったの。でも、すごく安心できた。だって、素のわたしでいられたし、大人たちに利用される心配もなくなったから」

「みなもちゃん……」

かすみさんは、これまで知らなかったみなもの真実を聞いてショックを受けているようだった。

「もしかして、何かひどいことを……」

かすみさんが口にしかけて、やめた言葉の続きは、僕も考えていた。

「ヤダな、かすみちゃん。何か勘違いしてない？」

そんな思いを察したのか、みなもがケラケラと笑う。

「レッスン漬けの毎日で、そばにはいつも母がいた。母はわたしのためならなんでもしたの。子役のわたしを妬《ねた》んで根も葉もないうわさを流すママ友には、正面切って『やめてください！』って怒鳴り込んでいったし。スタッフや共演者にはとにかく娘を《》よろしくと頭を下げて回って。レッスン代や交通費だって相当かかってたんだろうけど、母はそういう話、わたしには一切しなかったな」

娘の成功を願う親心なのだろう。

「それから、わたしの服は全部母が作ってたんだ。みなもの存在を引き立たせる服は市販のものではなかなか見つからないからって。あんなに忙しい中、いったい、いつ縫ってたんだろう。どれも、すごく凝った、かわいい服だった」

なんていいお母さんなんだろう。僕は聞きながら胸を打たれた。

「でもね……そういうのがわたしには、重荷だったの」

みなもの声が急に暗くなる。

「そこまでしなくていいのにって思ってた。わたしなんかのためにって。なんか、申しわけなさと恥ずかしさが、だんだんと煩わしい気持ちに変わっていったのかな」

聞きながら自分の胸の鼓動が速まるのを感じた。

「うちの両親、離婚してるんだけどね。そのときまだうちにいた父は、最低なひとでさ。いつもお金のことで母と喧嘩してた。たぶん、わたしのギャラの取り分か何かで揉《も》めてたんだと思う。幼いわたしにはよくわからなかったけどね。わたしが子役として稼いだお金がいま手元には、一円も残ってないってことだけが現実」

彼女がうっすらと笑う。

「当時はとにかく、父だったひとが母に詰め寄るたびに、母がわたしに見せたことのない顔でヒステリックに叫んでた。『このギャンブル狂が！』って。わたしが小学校の高学年だったころのこと。昔は優しかった母が壊れちゃったみたいで、すごく苦しかった」

僕とかすみさんは、みなもの話をただじっと聞いていた。

そんな悲劇的な家庭崩壊は、ドラマや映画の中での話だけかと思っていた。

ひとは誰でも、悲しい過去のひとつやふたつくらいは持っているものかもしれないが、それにしてもやるせない。

それなのに、みなもはわざとらしく明るく振る舞った。

「家族の楽しい記憶なんて何ひとつないのに、わたしがカメラの前で演じるのは、幸せにあふれた世界ばかりだった。こんな皮肉、ないよね」

そんな光景、想像するだけで胸が痛くなる。

「それと、もうひとつ嫌だったのは、親類も知り合いもみんな、わたしのことをお金の成る木みたいな目で見てきたこと。とっても馴れ馴れしくて、図々しくて」

みなもがくちびるを噛んだ。それまで作ってきた表情が崩れる。

沸き立つ思いが抑えきれなくなったのだろうか、彼女はさっと鼻をつまんだ。

「だからそんなしがらみから離れたくて、芸能活動を辞めたの。母は大反対だったし、最初はものすごく怒ってた。でも、こっちも頑《がん》として聞かなかったからか、だんだんとすがるように泣きついてきて……そういうのも全部捨ててしまいたくて、全寮制の中高一貫校に入ったの。わたしの気持ちが絶対に変わらないってわかってからは、母も何も言わなくなった。父だったひとは、そのころにはもう家にはいなかったし。母はいま、山間の旅館に住み込みで働いてるみたい。見事に家族バラバラ――お・し・まい」

みなもは『おしまい』というフレーズをおどけるように言うと、さっとベンチから立った。そして日陰から青空のもとへと歩み出る。

それに合わせて彼女のワンピースの裾が揺れた。

「わたしの演技もさびついたよね。悲しい出来事ほど陽気に話すのが芝居のセオリーなのに、途中でNG出しちゃった」

振り返った彼女の表情は、帽子のつばでできた影のせいでよく見えない。

「でも、大目に見てね。グレずにちゃんと成長して、高校時代もトップの成績を維持して奨学金で専門学校に入れたんだから」

そう言ってから空を見上げたみなもは、またギュッとくちびるを噛んだ。

僕の隣にいたかすみさんが立ち上がる。

「振込の件、お母さんには？」

問われたみなもは、黙って首を横に振った。

かすみさんが、続けてひとつ、意外な質問をする。

「みなもちゃん、明日、空《あ》いてる？」

4

電車で二時間揺られたあと、駅の近くの定食屋で昼食を食べ、それからまたバスに乗って、すでに三十分ほど経つ。

進むに連れて、ビルや商業施設が減り、かわりに住宅と畑が増えた。そしていつしか、その住宅もぽつりぽつりとしか見えなくなった。僕たちはいま、山間を走る路線バスに揺られていた。

乗客はまばらだ。僕とかすみさんは、運転手さんの三つうしろの席に並んで座っている。かすみさんが窓側だ。彼女は窓の外を見ながら、「わあ」とか、「はあ」とか、初めて遠足に来た幼稚園児のように感嘆の声を漏らしていた。

背の高い山々と、蛇の通り道のようにうねる細道。すぐ下はごつごつとした岩の多い渓流。

いっぽうのみなもは……僕たちが前方に腰かけようとしたとき、『ちょっとひとりにさせて』と言って、最後列の右隅に向かった。もちろん、かすみさんとふたりきりになれたらいいなという僕の願望をアシストしようとしたわけではないだろう。たぶん彼女は、僕たちに緊張を気づかれたくなかったのだ。

——昨日、オリオンの屋上で、かすみさんがみなもにした提案。

それは、一緒にみなもの母親に会いにいこう、ということだった。

中学入学以来、みなもは一度も母親と会っていなかった。接点といえば、年に一度、誕生日に便りが届くのみ。

中学時代には、母親の彼女に対する思いが何枚もの便箋に綴られていたらしい。ただそれも、もう一度芸能活動をしてみてはどうかという過去への未練ばかりだったようで……。みなもはうんざりして、一切返事を書かなかった。

彼女が高校生になると、便箋ははがきに変わり、裏面にはみなもの体調を気遣う数行の言葉が書かれているだけだった。そして高三の誕生日には、温泉旅館の絵はがきとなり、それにはみなもの母親が住み込みで働く旅館の所在地だけが書かれていたという。

かすみさんは、そんなみなもと母親の関係を案じたのだろう。

オリオンで働き始めた初日に、彼女は両親のことを『よく覚えていない』と言った。

どこか遠くにいるらしいが、その口ぶりはずいぶん心許なくて曖昧だった。

少なくとも、もう何年も会っていないはずだ。だから彼女は、母親とずっと離れて暮らすみなもと自分を重ねたのかもしれない。

そしてみなものお母さんは、どこにいるかわかっている。会おうと思えば会えるのだ。だったら……。

絵はがきに書かれていた住所は決して近くはなかったものの、早朝に出かければ日帰りで戻ってこられる距離だった。

それに、明日はちょうど休みだ。

名画座オリオンは、映画館には珍しく、月に数回、休館日を設けている。

スタッフの数が少なく、ふだんはかすみさんもボックスや映写まで担当するが、支配人の仕事としては、上映作品の決定や編成、配給会社とのやりとり、売上の管理など重要な業務がたくさんある。そういう仕事を休館日に行っているそうだ。

つまり、表向きは休館日でも、かすみさんには本当の意味での休みが一日もないということになるが……。考えてみるとずいぶんとハードな生活だ。

前にも彼女には、もっとからだを労わるようにと伝えたことがあったが、当の本人はずいぶんけろりとしていて、

『時間とは映画のために作るものですから』

といつもの持論を口にした。そして、

『次にどんな作品を上映するのか決めたり特集上映を組んだりするのは、休日にパンケーキを焼いたりショッピングをするのと同じくらい、いえ、それ以上にわくわくする時間なんです』

と楽しそうに笑った。

そういうものなのかな、と半分呆れながらも、やっぱりかすみさんは映画とオリオンのことが好きなんだと思った。

ただ、みなもの母親に会いにいくとなると、一日がかりだ。かすみさんの支配人としての仕事が回らなくなりはしないのだろうかと心配になった。

でも、それは大丈夫だと彼女は言いきった。

『いまはちょうどたまっている仕事もないので、久しぶりに息抜きができます』

大丈夫でないのはみなものほうだった。

彼女は初め、かすみさんが自分に気を遣っていると思ったのか、母親のもとを訪れることを激しく拒否した。

『すごく遠いし、悪いよ。そもそも会いにいく理由がないもん。もしかしてかすみちゃん、一千万円くれたの、母だと思ってる？　でもそれは絶対にないから。去年の暮れに親戚から届いた手紙に書いてあったの。父はわたしの稼ぎを平気でギャンブルにつぎ込んでたって。離婚したのもそれが原因なんだと思う。それに母だって、わたしの服だけは手作りしてまわりにいい母親をアピールしてたみたいだけど、子役の仕事に同伴するときは、自分ばかり高級な服や靴で着飾ってたもの。残ってるお金なんて一円もないよ』

明るい声音から棘《とげ》が出て、言い終えるころには小刻みに震えていた。

そんな悪辣《あくらつ》な暴露話、どういう筋の親族からどんなタイミングで聞かされることになったんだろう。ただでさえ自責の念に駆られるみなもとしては、心を火で炙《あぶ》られるくらいつらかったはずだ。

でも、かすみさんはおどけるように言った。

『ひきこもりのわたしを外に連れ出すためでもあると思って。お願い』

みなもはしばらく迷ってから、仕方ないなとつぶやき、ため息をついた――。

こうしてかすみさんの強引さに折れたみなもは、母親に会いにいくことになったのだが……なぜ僕までついてきているのかは、ちょっと自分でもわからない。

かすみさんからはふつうに今朝の集合時間を告げられ、僕も同行するのが前提になっていた。しかもみなもには、会社が倒産して以来、僕がここのアルバイトだけで食いつないでいる貧乏社会人だということも知られていたのだ。

バスは延々、右へ左へと揺れ続ける。

出発したバス停からずいぶん遠くまでやってきたが、景色はほとんど変わらず、急な傾斜の山々がそびえていた。

何度かトンネルにも入った。そのたびに車内は薄暗くなり、視覚以外の感覚が冴え渡る。

まずは嗅覚。かすみさんからはたえずいい香りがした。いったいどんな香水を使っているんだろう。

そして触覚。彼女の長い髪が姿勢によって僕のほうにはらりと垂れることもあり、その都度やわらかな髪に撫でられてからだが痺れそうになった。そして極めつけは、ときおり触れる腕と腕の感触だ。

バスが右左折をするたびに、僕らのからだも揺れた。かすみさんの腕が僕の腕に触れては離れる。半袖のブラウスから伸びる彼女の腕は、細くてすべすべしていた。

もう、気になって平常心が保てない。

「かすみさん」

僕の呼びかけに、窓の外を眺めていた彼女が振り返った。

急に顔が近づく。僕は正面を向いたまま、雑念から気をそらすため、昨日観た映画の話を始めた。

「観ましたよ、『スラムドッグ$ミリオネア』」

「まあ！」

　僕のひと言に、かすみさんの声が華やいだ。

『スラムドッグ$ミリオネア』は二〇〇八年の作品で、インドを舞台にしたイギリス映画だ。日本では翌年の春に公開されている——と、レンタル店で知った。

　インドの都市、ムンバイのスラムで育ったジャマールという青年が、テレビの人気クイズ番組に出場し、次々と正解していく。このクイズ番組、日本ではみのもんた司会の『クイズ$ミリオネア』という名前で知られている。僕も小学生のころに見ていたし、教室では『ファイナルアンサー』というフレーズも流行った。

　ジャマールは大金の獲得まで、ついにあと一問まで迫る。しかし、沸き立つ観客をよそに、彼にはインチキの容疑がかかり、警察に拘留されてしまう。

　はたしてスラム出身で無学の彼が、なぜ難問に正解し続けることができたのか。

　物語はその真相をあきらかにしていくのだ。

　ジャマールの少年時代が映し出された瞬間、僕はいきなりその地に降り立った気分になった。

　最初に目を見張ったのは、雑多で混沌としたスラムだ。

　ゴミ溜めのように薄汚れた荒野と、ごったがえす原色の街並み。子どもたちの汚らしい風貌と、無垢で純真な笑顔。死と隣合わせの生活と、初恋の少女・ラティカとの絆。クイズショーの作り込まれた世界と、インドの空の下で必死に生きる少年たち。現実の中で繰り返される悲劇と、夢見るように躍動するメロディ。

この映画は『対比』が印象的だ。

とりわけ音の力には圧倒された。いままで聞いたことのない音楽だった。

「あの音楽はA・R・ラフマーンというインドの作曲家が手掛けていて、彼は過去に、日本で第一次インド映画ブームを起こしたともいわれる『ムトゥ　踊るマハラジャ』も担当しています。ラフマーンの音楽は生命力にあふれていて、新しくて、それでいてシーンによってはとっても切なくて美しいですよね。聴いていると心を揺さぶられて、胸の鼓動の高まりが抑えられなくなります。ジャマールが幼少期に出会ったラティカという女の子をひたすら探し続けるラブストーリーとしても最高でした」

かすみさんが興奮気味に話し続ける。すでにスイッチが入っていた。

さっきまでうっとりしながら静かに外の景色を眺めていたのに、このひとはやっぱり、映画のことになるとひとが変わったように饒舌になる。

「でもいっぽうで、都市の人混みのすぐ近くに荒廃した街が広がっていて、ゴミの山の中に少年少女がうろついているあの光景には、これがインドの現実なのかなって、胸が締めつけられました。インドに住んだことのあるお客さんに、現実にはもっと悲惨なこともあると言われたのがショックで」

心を痛めるかすみさんを見て、僕も苦しくなる。

たしかに、映画の中ではきれいなシーンばかりでなく、目を背けたくなるような場面も多かった。とくに、ジャマールが再会した盲目の少年の言葉は決して忘れることはないだろう。

「一本の映画でその世界のすべてを知った気になるのは傲慢なことかもしれませんが、こういう作品を通して世界の一端に触れたり考えを深めたりすることは、読書と同じように貴重なことだと思います」

かすみさんはそのあとも、ジャマールを演じたデヴ・パテルの次の主演作、『LION／ライオン～25年目のただいま～』についてその魅力を語り出した。

僕は彼女の言葉に耳を傾けるうちに、その世界にどっぷりと浸《つか》った。

5

結局バスに一時間以上揺られ、ようやく終点に着いた。

すぐそばに赤い欄干の橋がかかり、その向こう、渓流のほとりに二階建ての老舗旅館が見える。ちょうど客室は清掃中のようで、いくつかの部屋の窓は開け放たれ、中に作業着姿のひとたちが見えた。

先に降りた僕とかすみさんからだいぶ遅れて、みなもも降り立った。彼女は浮かない顔だ。Uターンしていくバスを見送り、この場には僕たちだけが残った。

「ここなのね」

かすみさんが背後のみなもに声を掛けると、彼女は小さくうなずいた。

僕は対岸に見える旅館をあらためて見渡す。玄関、食堂、ホール、客室、建物のどこかにみなものお母さんがいる。

小学校卒業以来、ずっと会っていない自分の親と再会するのは、いったいどんな気分なんだろう。そんなことを考えていたとき、

「あっ」

みなもが小さく叫んだ。

彼女の視線の先を追うと、ちょうどロビーから離れの客室につながる渡り廊下を、涼しげな作務衣《さむえ》に身を包んだ女性がひとり、清掃用具を抱えて歩いてくるところだった。

「もしかして、お母さん？」

僕の問いには答えず、みなもは固まったままだ。

それは肯定を示しているようだった。彼女の母親がここに住み込みで働いている。

八年ぶりに母親の姿を目にして、みなもは何を思ったのか。

彼女は踵を返すと、急に走り出した。旅館とは反対の、僕たちが乗ってきたバスが来た方向だ。

「みなもちゃん！」

「ちょっと、待って！　どこに行くの！」

かすみさんと僕の呼びかけに振り返ることも立ち止まることもせず、彼女は走り続けた。すぐにカーブした道に差し掛かり、その姿は見えなくなる。

「どうしましょう、呼人さん」

かすみさんが弱々しい声を出す。こんなに狼狽《ろうばい》した彼女は珍しい。

「このあたりのバスは一、二時間に一本くらいですよね。渓流沿いにしか道は通っていませんし、まさか歩いて帰るわけにもいきませんから、きっと遠くないところにいるはずです。当の本人がいないまま僕たちだけで会うわけにもいきませんので、いったん引き返しましょう」

「そうですね、みなもちゃんを見つけるのが先決ですよね」

なんとか気持ちを立て直したようで、かすみさんの声に張りが戻る。

「いらっしゃいませ。お泊りのお客さまでしょうか」

そのとき、背後から声が掛かった。

振り返ると、旅館のひとたちと同じデザインの作務衣に身を包んだ中年女性が立っていた。一瞬、みなものお母さんかと思ってどきりとしたが、似ていたのは背格好だけで、顔は先ほど渡り廊下を歩いていた人物とは別人だ。

「あ、いえ、わたしたちはその……このあたりを散策していただけでして」

かすみさんがしどろもどろになりながら取り繕おうとしたが、かえって怪しい印象を与えてしまいそうだった。彼女は本当に嘘をつくのが下手だ。

案の定、作務衣の女性が僕たちを交互にじろじろと見て、訝《いぶか》しむ。

「このあたりでお泊りになれるところは当館くらいですし、わざわざバスに乗って日帰りでここまで散策に来られる方は、なかなかいらっしゃらないですけどねえ」

「すみません、こちらで働く方に会いにきました」

僕はもじもじするかすみさんをかばうように一歩前に出ると、思いきって本当のことを打ち明けた。

「もしかして、安藤さんのことで？」

作務衣の女性は、いきなりみなもの母親の名字を口にした。

「あの、なんで安藤さんだと思われたんですか？」

「え、あ、いや、違いました？　また前の旦那さんの件かと」

僕の問いに彼女はますます慌てる。

また？　前の、旦那さんの件？　いったいどういうことだろう。

「たしかに安藤さんに会いにきたんですが、旦那さんに何かあったんですか？」

「あなたたち、刑事さんじゃないよね」

先ほどまでの丁寧な物言いが、急にぞんざいになった。

「え、刑事ですか？　僕たちが？」

「まさか、借金取りのほう？　安藤さん、すごくまじめで働き者だけど、蓄えなんかほとんどないわよ」

「はい？」

刑事の次はいきなり借金取りって……。

「ヤダ、わたしったら。前にいろいろあったから、へんに疑っちゃって。ごめんなさい、仕事の続きがあるので失礼するわ」

作務衣の女性は一方的にしゃべって、そそくさと橋を渡って旅館の中に消えていった。

僕とかすみさんは、またしても取り残されてしまった。

「呼人さん……」

かすみさんが濡れた子犬のような目で僕を見つめる。

このひとは、映画館を出るとなんでこんなにふつうの女の子なんだ。

てきぱきと仕事をこなす支配人の顔や、好きな映画の話が止まらなくなるいつもの暴走モードは鳴りをひそめ、本当に狼狽している。

傍らにいる彼女を不安にさせないよう、平静を装っていたものの、正直僕にもまるで余裕がなかった。みなもはどこかへ行ってしまうし、急に彼女のお父さんの不穏な情報を耳にするし、状況がまったくつかめない。とりあえず、先ほどかすみさんに提案したように、みなもを探そう。

僕たちはバスで来た道を徒歩で戻っていった。

舗装はされているが歩道はない。一車線で対面通行だ。側溝の上を歩き、車が通過するときには立ち止まって振り返る。足元の安全を確認するため、僕が先に歩き、かすみさんはあとに続いた。

すると、彼女が僕の服の裾をつかんだ。

どうしたんだろう、と立ち止まって振り返ると、

「ごめんなさい。こういうところ、歩き慣れないせいか、よろけてしまって」

かすみさんは申しわけなさそうに謝って、握った裾を離した。

「いえ、道が開けるまではつかまっていてください」

僕が手を差し伸べると、彼女は少しの間ためらってから、僕の右手をつかんだ。

並んで歩けるほどの幅はないので、僕が前でかすみさんがうしろというポジション

は変わらない。ただ、手をつなぐことで、振り返らなくても彼女の歩行スピードがはっきりとわかる。

歩きながら、僕の胸はうるさいほどに早鐘《はやがね》を打った。初めて感じる、かすみさんの手のぬくもりのせいだ。

「呼人さん」

意識が手のひらに集中していたので、いきなり呼ばれて焦った。

「どうしました、かすみさん」

「歩きながら聞いてください」

なんだろう。面と向かっては話しにくいことなのだろうか。

「みなもちゃんのご両親のことです」

僕はかすみさんに言われた通り、振り返らずにそのまま歩を進めた。

「ふたりは、彼女が全寮制の中高一貫校に入ってからすぐに離婚しています。それからお母さんは、親類に頼ることなく深夜の清掃業などをしていたそうです。わたしの祖父のお葬式に、みなもちゃんのお母さんが弔問《ちょうもん》にきてくださって、そのときに聞きました」

急にかすみさんの話につながって、僕は少し動揺した。かすみさんのおじいさんはかすみさんが二十歳のときに亡くなったことも、それから彼女がオリオンを継いだことも聞いている。でも、僕が知っているのはそれくらいだ。いつもの彼女は、あまり自分の家族のことを話さない。

もちろん、ふだんは映画館の業務にかかりきりでそんな話題を振る余裕はないし、休憩時にはたいてい映画の話ばかりだ。

映画の話にかこつけてかすみさんの家族のことを聞いたこともあったが、そこに触れるのを避けるように、彼女から別の話題に移った。

それとなくロッキーさんに尋ねたこともあるが、

『支配人が兄ちゃんに話したくなることがあれば、そのうち話すんじゃないか』

と言われてしまった。

「みなもちゃんのお母さん、言ってたんです」

僕は背後から掛けられるかすみさんの言葉で意識を戻す。

「『なんでみなもの思いに気づけなかったんでしょう』って。あの方はひどく後悔していました。みなもちゃんは小さいころから物おじしない性格で、キッズモデルとしても演技者としても早くにまわりから評価される存在だったそうです。だからお母さんは、才能があるならそれを伸ばしてあげたいと思って。それで自分たちの生活を切り詰めてでも、みなもちゃんの夢を叶えようと頑張っていたんです」

そこでかすみさんの声が沈んだ。

「でも、彼女だって成長すれば考え方も変わるでしょうし、新しい夢を持つこともあるでしょう。それになんで気づいてやれなかったのかと、ご自身を責めているようにも見えました」

結果的に家族はばらばらになってしまったが、みなもだってみなものお母さんだって、何かを悪くしようと思ったことなんて一度もないだろう。

「オリオンの屋上で、みなもちゃん、言ってましたよね。お母さんが自分ばかり高価な服を着ていたって。これはあくまでわたしの想像ですが、みなもちゃんのお母さんは何も、自分が満足したくてそうしていたのではないと思うんです。芸能活動をマネジメントする立場として、みなもちゃんの横に並んだときに恥ずかしくないようにって、むしろ彼女のためにしていたんじゃないかと」

かすみさんの話を聞きながら、僕は小学校の授業参観を思い出した。

僕の母もいつもは化粧っ気のない素朴なひとだったが、それでも参観日だけは一張羅《いっちょうら》の服を引っ張り出してきて、精いっぱいメイクしていた。照れくさかった僕がいつも通りでいいよと言うと、母は『イモっぽい母親だって、呼人に恥かかせられないでしょ』と笑った。

みんなそれぞれに理想があって、願いがあって、それから相手を思いやる気持ちがあって、たしかに一生懸命だったはずなのに、ほんの少し歯車がずれたせいで……。

「後悔しているのはみなもちゃんのお母さんだけじゃないと思います」

かすみさんの言いたいことはなんとなくわかる。みなもは言葉にしなかったけれど、彼女が衣装のデザインの道に進もうとしているのは、きっとお母さんが仕立ててくれた手作りの服のせいもあるだろう。だからみなもだって、できることならもう一度、お母さんと仲直りしたいと思っているんじゃないか。そう思えてならない。

そのとき。

「あっ」

バスの停留所が見え、そこにみなもがいた。

十メートルほど先の道路脇にほんの少しスペースがあり、ベンチが置かれている。

彼女はその古びたベンチの上で体育座りをし、膝を抱えた腕に顔をうずめていた。

「みなもちゃん」

かすみさんは僕から手を離すと、みなものところへ駆け寄った。

彼女がゆっくりと顔を起こす。目元はなんとなく腫《は》れぼったく見えた。

「もう一度、お母さんに会いにいこう」

かすみさんの呼びかけに、みなもは力なく首を横に振った。

「もういいよ、いまさら会っても何も変わらないし、それに……」

わずかに言葉を詰まらせてから、彼女はつぶやく。

「合わせる顔がないよ」

そのひと言で、みなもの抱えてきた後悔が痛いほど伝わってきた。

かすみさんも、それ以上彼女に掛ける言葉を見つけられないようで、ただ黙ってみなもを見つめる。

まだ昼間だというのに、背後の木々がバス停を覆うように茂っているせいか、僕たちのまわりは木陰が多くて薄暗い。あたりで自由に伸びる草のにおいが鼻をついた。

「あの、みなもさん」

沈黙が続く中、僕は思いきってみなもに話しかけた。

旅館の前で聞いた作務衣の女性の、『また前の旦那さんの件かと』という言葉がずっと気になっていたのだ。

「お父さんだったひととは、連絡をとっているんですか」

生温かい風が吹き、草木を揺らす。

こちらの問いかけに、みなもは鼻で笑った。

「いまはたぶん、刑務所の中」

僕は息を飲んだ。

かすみさんの表情をうかがうと、その顔はひどくこわばっていた。どうやら彼女も、それは聞いていなかったようだ。

「窃盗のようだけど、前にも何度かやってたみたい。執行猶予中の再犯ってことで今度は牢屋行き。親戚のおばさんから届いた手紙に、罵《ののし》るように書いてあった」

昨日みなもが話してくれた、昨年末に届いた親戚からの手紙というのは、それを伝える便りだったのか。

「あのひと、母が貯めていたわたしのお金を銀行口座から全部引き出して、ギャンブルで使いきったんだって。そのせいで離婚したらしいんだけど、そのあとも母にお金をせびってたみたい」

だから作務衣のおばさんは刑事だとか借金取りなどと口にしたのか。

みなものお母さんは離婚した前の夫の問題に、離れてもなお追われていたのかもしれない。

もはやどんな励ましも陳腐に聞こえてしまいそうだ。みんなそのまま無言でバスを待った。結局、彼女はお母さんとは会わず、口座に振り込まれたという一千万円の送り主もわからずじまいだった。

かすみさんとともに道路を渡り、みなもの座るベンチから少し離れた。示し合わせたわけではなかったが、彼女のことをしばらくそっとしてあげようと思ったのだ。

ふたりで渓流を見おろした。木漏れ日がちらちらと川面を照らす。

「かすみさん」

僕は隣の彼女に呼びかけた。

風になびいて頬にかかった髪を、かすみさんが耳にかけ直す。

「どうしました？」

「かすみさんは一千万円の送り主、誰だと思っているんですか？」

彼女には何か心当たりがあって、それでここを訪れようとしたのだと思っていた。

「それは、わかりません」

けれどかすみさんは、あっけないほどさらりと答えた。

「父親からってことはないですかね。かつて彼女が子役として得たギャラを全部ギャンブルで使いきってしまった後悔から、それをいまになって償《つぐな》っているとか」

根拠はないが、そうだったらいいなと思ったのだ。

「でも、もしそうだとしたら、そのお金はどこから手に入れたのでしょうか」

かすみさんに問い返されてどきりとした。

たしかに、窃盗で服役しているのだ。嫌な想像しかできない。

「わたしは、あのお金がみなもちゃんのお父さんからではないことを願っています」

意外だった。好きな映画を夢見るように語る彼女が、まさかそんな現実的なことを言うなんて。

「ところで呼人さん、行きのバスで話してくれた『スラムドッグ$ミリオネア』で、最初に出てくるテロップ、覚えています？」

かすみさんがいきなり話題を変えた。

こんなときになんでそんなことを聞くんだろう。僕は戸惑いながらも、物語の冒頭を振り返る。

たしか、こんなテロップが表れた。

「『彼はあと一問でミリオネア。なぜ勝ち進めた？』」

『彼』というのは、主人公であるジャマールのことだ。

「呼人さん、さすがです。続けて、あの番組の定型として四つの選択肢が表示されました」

細かな表現までは忘れていたが、物語のラストに解答が示される作りなのが印象的だった。

かすみさんは流暢な英語でそれぞれの選択肢を口にする。

A: He cheated　（インチキした）
B: He's lucky　（ツイていた）
C: He's a genius　（天才だった）
D: It is written　（運命だった）

彼女が続ける。

「わたしはあの作品が大好きです。でも、だからこそひとつだけずっと考え続けていることがあります。監督は、なんであの解答を正解にしたんだろうって」

「かすみさんだったら、違う答えを選びますか」

物語では、母親を殺されたジャマールが、同じスラムでやはり両親を亡くした孤児のラティカと出会い、引き離され、それでも諦めずに、ふたたび初恋の彼女とめぐりあうまでを描く。

「それを考え続けています。わたしには、あの映画を娯楽として受け流すことはできません。物語の中でも、ジャマールの兄であるサリームは過酷な運命に翻弄されますが、現実はもっと大変なはずでしょう。有名な話ですが、あの映画で主人公たちの幼少期を演じた子役は、みんな実際、スラムの子どもたちだといいます。極度の貧困に身を置きながらあんなにきらきらとした表情が出せるなんて、とても信じられませんでした。みなもちゃんに言ったら怒るでしょうが、わたしはあの子役たちを見て彼女を思い出しました」

かすみさんはやりきれない思いをとどめるように、自分の胸に手を置いた。

「あの子たちはいま、幸せなんですかね」

ふと、映画から離れた現実の彼らに思いを馳せた。

「どうでしょう」

目を伏せたかすみさんが声を落とす。

「イギリスの新聞には、ラティカの幼少期を演じた子役の女の子が、実の父親から金銭の絡んだ養子縁組に出されそうになったという記事が載ったこともありました。インドの貧困問題は相当根深いようです。でも、そんな中でも配給会社や監督は、子どもたちを救おうと――」

かすみさんはそこで、何かを思い立ったように言葉を切ると、自分のポケットを探り出した。

「どうしたんですか？」

彼女は僕の問いかけに、

「ロッキーさんに連絡します」

とよくわからない返事をしながら、慌てて取り出したスマホを起動させた。そして、

「よかった！　電波、なんとか届いてます！」

と興奮し、何やらメッセージを打ち出した。

間もなくしてバスが到着し、僕たち三人はそのまま長い帰路についた。

帰りの電車でも、みなもは僕とかすみさんから離れて座った。ときどき様子をうか

がったが、疲れたのかほとんどの時間、眠っているようだった。

かすみさんにはロッキーさんに送ったメッセージの内容を聞いてみたが、まだはっきりしないからと、言葉を濁されてしまった。

何かを依頼したのだろうか。僕はモヤモヤしたままだったが、かすみさんはひと言だけ、

『ひょっとしたら、一千万円の送り主がわかるかもしれません』

と答えた。

6

日も沈んで宵闇《よいやみ》が迫ってきたころ、目的の停留所でバスを降りた。

あたり一帯は住宅街が広がるせいか、窓から漏れる部屋の明かりが点々と灯るだけで、外の人通りはほとんどなかった。みなもの住むマンションは、すぐ近くにあるようだ。かすみさんと僕は彼女を送ることにした。

みなもは相変わらず元気がない。彼女の足取りに合わせるように、僕たちもゆっくりと歩いた。

すると、前方にひとりの男性が立っていた。

目深《まぶか》に帽子をかぶっているのに加え、上から照らされる外灯の影になって、その表情はよくわからない。しかし、どうもこちらを見ているように感じた。

なんで立ち止まってる？　不審者かと一瞬身をこわばらせたが、よく見ると男性は小柄で、半袖から伸びる腕も細かった。

もしかして、みなもの父親だろうか？　そう思ったとき、男性が帽子を脱いだ。

彼の顔を見たみなもが、ひと言、

「社長……」

とつぶやいた。

僕たちはすぐ近くにあった児童公園に向かい、公衆トイレの横に設置された東屋《あずまや》のベンチに座った。

みなもが『社長』と呼んだ男性は、みなもが子役時代に所属していた芸能事務所の社長だった。

「大きくなったね、みなも」

社長の言葉に彼女は、キュッと口を結んだまま小さくうなずいた。

「急に現れて、驚かせてしまったか」

僕は拍子抜けした。勝手ながら、芸能事務所とはもっと華やかなところで、そこの社長といったら『敏腕』なんて呼び名がつきそうなものだと想像していた。だから、目の前の男性があまりに人当たりがよさそうなお年寄りだったことが意外だったのだ。

「いや、それよりも、謝らなければいけないのはお金のことだ」

みなもが目を見開いた。

「あれは、わたしが送ったんだよ」

「社長……それ、どういうこと？　そもそも、なんで社長がここに？」

混乱する彼女に声を掛けたのはかすみさんだった。

「順を追って説明するね。昔、みなもちゃんが出演した映画の挨拶回りでオリオンにも寄ってくれたでしょう。あのときわたしの祖父は、こちらの社長と名刺を交わしていたの。祖父はチラシでもポスターでもなんでも取っておくひとでね。名刺は全部ケースに入れて、裏にはいつどこでいただいたもので、その方がどういうひとなのかもメモしてあったんだ。だから、オリオンのすぐ近くに住んでる映写技師の轟さんに頼み込んで、事務室を探してもらったの」

かすみさんがロッキーさんに送ったメッセージはそういうことだったのか。

「彩堂さん、このたびはわたしの不手際のせいで、お手数を掛けてしまい、申しわけありませんでした。わたしがもっと早くみなもにコンタクトをとっていれば、彼女にもこんな迷惑を掛けることはなかったのに」

社長が頭を下げた。かすみさんは首を横に振り、それからみなもを見た。

「それで、あのお金、いったいなんなの」

みなもがからだを乗り出す。

「あれはね、みなもが子役時代に稼いだギャラだよ。君が二十歳になったときにまとめて支払う契約を、お母さんと交わしていたんだ」

社長がゆっくりと、それでいてはっきりとした口調で告げた。いっぽうのみなもはあっけに取られている。

かすみさんは、ただ黙って彼女を見つめていた。

「嘘だよ、そんなの」

絞り出すように発したみなもの声は、震えていた。

「いや、本当だ」

社長はなおも語る。

「当初はひとつの仕事が終わるたびにお母さんの口座へ入金していたが、君も知っての通り、君の父親はそれを平気でギャンブルにつぎ込んでしまうようなひとだった。それから、これは聞きたくもない話だろうが、君のお母さんを取り巻く親類たちも、何かにつけて金の無心をしてきたらしい。君のギャラは常にまわりの大人に搾取される恐れがあったんだ」

「そんな……」

　みなもの顔がこわばる。

「それに、仮に君が幼くして大金を得たとしても、当然使い道には困っただろう。だったらいっそうのこと、君に新たな夢が見つかったころ、その夢を実現するための一助になればと思って、君のお母さんはそういう決断をしたんだ。本来なら、レッスン代やら移動費やらで常にお金が必要だっただろうに。それでも、すべてみなもの将来を優先させたんだよ」

　みなもが膝の上で拳を握りしめた。

「振込元の名前については、先に伝えられず、すまなかった。実は、わたしの事務所は何年か前に倒産してね。いまは地域のイベントを手伝う別の小さな会社を経営しているんだ。振り込んだ直後に故郷のおふくろの葬式があって、いろいろバタバタしてしまって。銀行からもメールが届いていたのに気づかなかった」

　お母さんのお葬式だなんて……さらりと口にしたけれど、それはとても大変なことだっただろう。しかも、自分の会社がつぶれたあとも、律義にみなもの母親との約束を守ってくれていたのだ。重要な伝達が遅れたなどと謝る必要はない。

「みなも、いろんな誤解や行き違いはあっただろうが、これは君のお母さんの愛情だよ」

社長の言葉に、みなもの拳が震えた。そしてその上に、次々と大粒の涙が落ちる。

彼女はこらえきれなくなったのか、その顔を歪め、大きく口を開いた。

「うあぁぅぅ」

人混みで母親を見失って泣きわめく少女のように、みなもは人目もはばからず嗚咽した。

かすみさんが優しく彼女の肩を抱く。

「今度はちゃんと、お母さんに会おう。それから、感謝の言葉と留学の夢を伝えよう」

みなもは、なおも声を上げ続けた。

7

彼女をマンションに送り届け、社長と挨拶を交わして別れたあとの帰り道。

僕とかすみさんは、ふたり並んで静かな住宅街を歩いた。

空には明るい月が浮かび、ときおり涼しげな夜風が彼女の髪を揺らした。

「かすみさん」

「はい？」

僕の呼びかけに、彼女が振り向く。

「かすみさんはどうして一千万円の送り主が社長だってわかったんですか？」

みなもと社長がいたときには、そのことは話していなかった。

彼女は両手をうしろに組んで、目を伏せる。

「呼人さんのおかげです。渓流のほとりでおっしゃったでしょう。『スラムドッグ$ミリオネア』に出ていた子役たちは、いまどうしているのかなって。それがきっかけでした。あの作品の子役たちも、やはり周囲の大人たちに搾り取られないよう、出演時のギャラは高校卒業後に支払われたというエピソードを思い出して。わたし、映画のことしか知らないから、現実にもそういうこと、あるのかなって思ったんです」

映画の出演者の、その後。

そんな発想で行動するなんて……。なんとも変わったひとだ。

僕が心で思ったことを察しているのか、照れくさいのか、彼女は足元を見たままはにかんだ。

結局朝からこの時間まで、ほとんど電車とバスに揺られていた。

せっかくかすみさんと外出したのだから、もっと楽しいことをしたかった気もするが……でもまあ、彼女の意外な一面をたくさん見ることができたんだから、よしとしよう。

歩きながら、『スラムドッグ$ミリオネア』のワンシーンを思い出した。

ジャマールがラティカに呼びかける、印象的な場面。

『月の光の下で　君と僕　踊ってくれるよね』

もちろん、隣の女性に伝える勇気は、まだない。

だからその言葉は胸に押しとどめたまま、僕は小さくスキップした。

「急にどうしました、呼人さん」

「いや、なんとなく」

見上げた空は月影が染み渡るようだった。

第5話　そのシートに座るわけ
（『ニュー・シネマ・パラダイス』）

1

ここ最近、朝一番に館内点検を行うのが僕の日課になっている。

劇場に到着して、従業員用の入り口から館内に入ると、事務所にはまだ、かすみさんの姿はなかった。セキュリティを解除し、電気を点け、ロビーに出る。

僕はここから眺める外の景色が好きだ。

街中にあるオリオンの近くには、新幹線も停まる大きな駅があり、幹線道路も走っていた。でも、大通りから一本外れただけでがらりと雰囲気が変わる。周囲には公園やお寺なんかがあって、緑も多いせいか、とても静かで穏やかだ。

やわらかな日差しと、気持ちよさそうに枝葉を広げる街路樹。

木漏れ日が全面ガラス張りのロビーをチラチラと照らしていた。まるで、風に揺れる濃い緑の葉の動きに合わせて心躍らせているようだった。

大きく深呼吸をしてから、ホワイエを抜け、シアターに向かった。

シアター入り口には、重厚な扉があり、古風な真鍮製のドアノブがついている。ここから先は別世界——そう告げるように、いかにも名画座らしい雰囲気を醸し出していた。

中へ入り、客席を見回す。

落ち着いた色合いで、清潔感のあるシート。上映時の大音量が外に漏れないよう、壁には吸音のための有孔ボードが貼られ、床は足音が立たないように絨毯《じゅうたん》が敷かれている。控えめな照明のシアター内は、まだ深い眠りについているように静まり返っていた。

昨夜、最終上映回のあとで点検と清掃はひと通り行っていたが、これは再確認だ。お客さまが心から安心して鑑賞できる状態になっているかどうか。夜と朝、二度にわたって丹念に現場をチェックする。

「シアター1」の館内を見回ったあと、「シアター2」に移った。

大手のシネコンでは、カップルシートやＶＩＰ席を除いて、同じ色と種類のシートが配置されていることが多いらしい。

でも、オリオンは違った。

シアター1は前方と後方で、座席の種類と色が異なる。どちらもスプリングの効いたクッションで座り心地のよいシートだが、前方は背もたれの部分に黒の刺繍で柄が入った青い座席なのに対し、後方は紺で、それぞれ独立した肘置きのついたシートが並ぶ。いっぽうのシアター2では、中央と入り口寄り、壁寄りとで、それぞれ赤、黒、茶と異なる三色の座席が配置され、形状も背もたれの高さもまちまちだった。

そういえば――オリオンに初めて出勤した日、かすみさんに館内を案内してもらったときにも、その座席の様子が気になって、質問したっけ。

『ひとつの劇場にいろんなシートを置いているのはかすみさんのこだわりですか?』

色が統一されていないからといっていびつな印象はなく、むしろ面白いレイアウトだと感じたことは覚えている。

あのとき彼女は、

『いろいろと事情がありまして……』

と、少し話しづらそうに言葉を濁した。

当時の僕には覚えるべき業務がたくさんあったため、それ以上詮索しようとも思わなかった。そして毎日ここで働くことになってからは、疑問だったいろんな色の座席が、僕にとってもあたり前の景色になっている。

ただ、シアター2の、茶色の座席の最後方にはひと組だけ、ひときわ目立つシートがあった。

二席だけある、豪華な革張りの仕様。他のシートと比べたら相当高そうだ。

働き始めた当初は、ここだけ特別料金の座席なのかと思っていたが、実際には全席自由で、席による料金の違いはない。ひょっとしたらかすみさんのおじいさんが、自分の好みで購入したのかもしれない。

種類の異なる座席の謎もそうだが、いったいなぜ、このようなシートまで置いているのだろう。

仕事には慣れてきたものの、僕はこの映画館のことを、まだ多くは知らない。映写の準備や業務だって、ロッキーさんとかすみさん以外のスタッフが行うことはないし、映写室にも入れてもらえない。

かすみさんのこともそうだ。僕は彼女の何を知っている？

かすみさんは相変わらず、自分のことを積極的には語らなかった。

彼女について知っていることといえば——ふだんは天然っぽくてほんわかしているけれど、映画のことになるとひとが変わったように饒舌になり、僕の頭を悩ます謎なんて、彼女の手にかかればあっという間に解き明かされてしまうということ。そして、彼女にとっておじいさんから受け継いだ名画座オリオンは宝物であり、かつ、かすみさんの『家』であること——それくらいだ。

僕自身、ここで働き始めて二か月ほどなので、立ち入ったことを聞くのにはためらいがあった。だからせめて、いま自分にできることといえば——少しでも早く仕事を覚え、映画の知識も身につけたい。そうやってかすみさんに認めてもらうんだ。

2

朝からそんな決意を胸にいだいて事務室に戻ると、いつのまにか出勤していたかすみさんが、事務デスクで大きなあくびをしていた。小さな口をほわーっと開けて、眠たそうな、でも半分気持ちよさそうな、なんとも無防備な表情だった。

薄目を開けた彼女と目が合う。

かすみさんはからだに電気でも走ったかのように肩をびくつかせて、ぴっと背筋を伸ばした。

「やだ、恥ずかしい」

頬はもちろん、耳も首も赤く染まった。

「昨夜も遅くまで？」

「ええ、再来月のプログラムを考えていたんですが、素敵な作品が多すぎて、どういうラインナップにしようか迷っているうちに外が明るくなってしまって……。久しぶりに寝坊してしまいました」

彼女は首をすくめた。

まだ開館一時間前で、寝坊というほど遅い時間でもない。いくら同じ建物の二階で寝起きしているとはいえ、むしろ、いままで何時から勤務についていたんだと心配してしまう。

彼女の支配人としての仕事――上映権の購入や、配給会社との打ち合わせ、上映プログラムの作成、そして収支の取りまとめなど――いったいどれだけの労力がかかり、困難を伴うことなのか、はっきりいって僕なんかには想像もつかない。

それでも……。

「僕にできることでしたらなんだってやりますから、遠慮なく言ってください」

これが、いま彼女に伝えられる精いっぱいの気持ちだ。

かすみさんが目を細めた。

「ありがとうございます。最近は朝の館内点検までしていただいて、とても助かっています」

なんだかくすぐったい言葉だった。今度は自分の耳が熱を帯びたのがわかった。

「今日はコーヒーと紅茶、どちらにします？」

「じゃあ、コーヒーをお願いします」

僕が答えると、かすみさんは簡易キッチンに向かい、手際よく準備してくれた。

差し出されたカップを両手で受け取る際、彼女の指と自分の指先が触れる。

顔が熱くなった。

このシチュエーションだけは二か月経っても相変わらず慣れない。

そんな僕の狼狽ぶりに反して、かすみさんは気にしたそぶりも見せず、早速今日も映画の話を始めた。

「たぶん、わたしがこれまでもっとも多く観てきた作品だと思います。祖父もこの映画が大好きで、何度も上映していました。わたしは小さいころから繰り返し観るうちに、セリフまで覚えてしまって」

いつにもまして、熱がこもっていた。

彼女が語っている作品は、ちょうど現在オリオンで上映している『ニュー・シネマ・パラダイス』だ。

「映画の中のシーンでも描かれるじゃないですか、登場人物のセリフを全部暗記してしまったおじさん。あのひと、パラダイス座で『絆』という映画が上映されたとき、その作品にあまりに入れ込みすぎちゃって。スクリーン上でセリフが流れる前に自分でそれを語ってしまい、最後は字幕が出る前に『fine《フィーネ》』とつぶやいて」

イタリア語のfineとは、「おしまい」を示す。

「まわりのお客さんからしたらすごく迷惑で、実際にやってはいけないことなんですけど……でも、あのおじさんの気持ちって、わたし、よくわかるんです。あまりに感情移入しすぎてしまったとき、ひょっとしたらわたしも登場人物になりきってセリフをつぶやいてしまいそうだから」

「さすが、シネフィルですね」

僕のツッコミに、かすみさんは照れながら頭をかいた。

ところで、かすみさんが熱っぽく語った『ニュー・シネマ・パラダイス』は、つい先日僕も観ていた。オリオンでの上映初日、勤務の終わっていた最終上映回に、スタッフ特典として鑑賞させてもらったのだ。

一九八八年のイタリア映画で、舞台となるのは第二次世界大戦が終わって間もないシチリア島の小さな村。トトという愛称で呼ばれる少年は、父が戦地に向かって行方不明のため、母と妹との三人でつつましい生活を送っている。

村の中央広場には、教会を使った映画館があり、そこには映写技師のアルフレードがいた。トトとはおじいさんと孫くらいの年の差だ。

トトはよく、こっそりと映写室に入り込み、そのせいで彼に叱られていた。ただ、物おじしないトトのことをアルフレードも気に入り、ふたりは徐々に親しくなる。

トトはいつしか映写機の操作を覚え、アルフレードとは師弟のような、あるいは友人のような関係になっていった。

しかし、そんな彼らをある悲劇が襲う――。

この作品、映画に疎い僕でもタイトルだけは聞いたことがあった。雑誌やネットで、名作映画の代名詞のように語られていたからだ。ストーリーの多くを占める少年時代の回想が戦後の村を描いているため、もっと古めかしい印象を持っていたが、実際にはそこまで昔の映画ではない。日本での公開は一九八九年で、これはスタジオジブリ制作の『となりのトトロ』が封切られた翌年にあたる。

「そういえば、レンタルショップのコーナーに『単館系《たんかんけい》』って書いてあったんですけど、あれはどういう意味なんですか？」

僕はかねてから引っかかっていた疑問をかすみさんに聞いた。ミニシアターといえば小規模映画館のことだというのはわかるけれど、それと同じような意味だろうか。

すると彼女は、にこりと笑って説明してくれた。

「いまでこそ、たいていの映画はシネコンを中心に全国一斉公開しますが、昔はひとつの映画館だけで単独上映する作品も多かったんです。それを『単館上映』と呼びます」

「たった一館で？」

「ええ。そんなに珍しいことではなく、東京や大阪などではいまでもありますよ。それで、その単館上映の先駆けのひとつともいわれるのが『ニュー・シネマ・パラダイス』なんです。一九八九年一二月に『シネスイッチ銀座』で上映されてから、公開は四十週も続き、二十六万人ものお客さんを動員しました」

「えっ、ひとつの映画館で二十六万人ですか」

「本当に、想像もできない数字ですよね。ちなみにシネスイッチは日本で初めてレディースデイ割引を導入した映画館としても知られています」

単館上映の驚きの情報に加えて、最後に豆知識もトッピング。映画のことならなんでも知っているのではないかと思うほど、かすみさんの口からはすらすらと言葉が出てくる。

「ところで、呼人さんが『ニュー・シネマ・パラダイス』で印象に残っているのはどんな点ですか？」

いきなり質問されて、思わずむせそうになった。ふだんの僕はたいてい聞き役ばかり務めている。かすみさんの語る蘊蓄《うんちく》に感心したり、映画内のエピソードを聞いてそのシーンを思い浮かべたり。だからいきなり自分の意見を求められると急にどきどきしてしまう。

「そうですね……」

思い返してみると名場面ばかりのせいか、逆にどのように伝えたらよいのか迷う。ただ、いろんなシーンを振り返っているうちに気づいたことがあった。人々の表情やセリフももちろんよかったが、彼らの人生を映し出す場所こそが、もっとも印象に残っていた。それは、広場……そうだ、広場だった。

「俯瞰で描かれる広場の様子が、時の流れとともにどんどん移ろっていきますよね。最初は人々のたまり場であり憩いの場だったのどかな世界が、最後には時代が変化して駐車場に変わってしまったこと、あれには言いようのない寂しさを覚えました」

これは素直な感想だった。これまで映画なんてほとんど観てこなかった素人の視点を、はたしてシネフィルのかすみさんはどう思っただろう。

ただ、そんな心配をよそに、彼女は僕の話を聞き終わるなり興奮気味に口を開いた。

「わたしも同じです！　多くの出来事が広場とパラダイス座の中で起こっていますが、だからこそ、あの小さな世界が大きく変化していくのは、実際の街の歴史を二時間で追体験するようでした。全編通して流れる音楽も、切なくも美しくて耳に残って忘れられません」

映画の観方も感じ方も、もちろんひとそれぞれだろう。でも……映画を観てかすみさんと同じ思いになれることが、こんなにも嬉しいことだなんて！

頬を上気させる彼女の大きな瞳が、まっすぐに僕を見つめる。まるで吸い込まれそうな気がしてたじろいでしまう。

そのとき、バックヤードに続くドアが開いた。

「あれ、なんかお邪魔だったかな」

ぬっと現れたのは、トレードマークの野球帽をかぶった、オリオンのアルフレードだった。

「ロッキーさん、おはようございます」

かすみさんがさわやかな笑顔を向けた。僕も慌てて挨拶する。

当のロッキーさんは、一瞬にやりと僕たちを見ると、鼻歌交じりに事務室を横切り、そのまま映写室へ入ってしまった。

かすみさんに目を戻すと、彼女は首をひねっていた。

「どうしました？」

「うーん……いまのロッキーさんの鼻歌、何かの映画で流れてたんですけど……」

彼女ときたら、映画のことになるとつくづく入れ込むタチだ。

「あ！　思い出しました。『小さな恋のメロディ』のテーマ曲です！」

小さな恋のメロディって……ロッキーさん！　空気読んだふりしつつ、僕たちのこと完全に冷やかしてるじゃないか……。

そんな僕の胸中などつゆ知らず、かすみさんはすっきりした顔で無邪気に笑っている。まったく……その天然さ、反則ですよ。

仕方なく僕も笑顔を作った。

ふと時計を見ると開館の時間が迫っていた。

「かすみさん、そろそろ準備しましょうか」

「あらヤダ、もうこんな時間」

いつものことながら、ミーティングを短時間で行い、僕たちはそれぞれの持ち場についた。

3

今朝もロビーは、多くのお客さんでごった返していた。

いまオリオンでは、すでに故人となっている、とある日本の映画監督の特集上映を行っている。『サクさん』の愛称で親しまれているらしいその監督について、僕は残念ながら、名前も代表作もまったく知らなかった。だが、かすみさんによれば彼は、日本映画界において巨匠と呼ぶにふさわしい、相当な大御所のようだ。

『決してたくさんの作品を発表してきたわけではないんです。むしろ寡作といってもよいでしょう。でも、サクさんのすごいところは、アクション、文芸、SF、ホラー、恋愛、あらゆるジャンルを手掛けていることです。そのどれもがこだわり抜いて作られた名作ばかりで。これは噂ですけど、彼はひとつのシーンだけで役者さんに百テイクさせたりですとか、クランクアップしたあとでも編集で気に入らなければもう一度撮り直しをしたりと、納得がいくまで妥協しない、相当なこだわりの監督だったようです』

事前にかすみさんから聞いた印象では、会社だったらパワハラ系の、あまり自分の部署の上司にはいてほしくないタイプだ。ロビーには、煙草をくゆらせる監督の顔写真が白黒のパネルで飾られているが、いかにも頑固で堅物な感じがする。

しかし、熱狂的なファンは多いのだろう。リバイバル上映にもかかわらず、連日満席だった。午前の回に一週間限定でサクさんの代表作を上映しているが、遺作となった最後の作品でさえ、発表からすでに数年が経っている。初期の作品であれば僕が生まれたころまで遡《さかのぼ》る。それくらい過去の作品であるにもかかわらず、いまだこれだけ強く支持されているのだ。

お客さんの男女比は半々くらいで、年齢層は中高年の方が目立った。

入場前のロビーで、ときおり耳に届くお客さんたちの会話では、デビュー作からのファンも多いようだった。中には今回の特集上映のために新幹線でやってきた方もいるくらいだ。

そして――そんなお客さんの中でひとり、気になる女性がいた。

おそらく四十代半ばくらいだろうか。それでもロビーにいるひとたちのうちでは一番若そうだ。サクさんの最後の監督作を特集する上映会は今日を含めてあと二日だが、彼女のことは初日から毎日見かけていた。

もちろん、それ自体はべつに珍しいことではない。連日訪れているお客さんは他にもたくさんいる。ただ、彼女のことは、ひときわ印象に残っていた。

直接話したことはないけれど、きりっと整った眉と目力が強いせいか、勝ち気な感じだった。服装はたいてい七分袖のジャケットに、下はスキニー。そして足元はヒールの高いパンプス。胸元には、彼女のシャープな雰囲気からすると少し意外な、ハートを象《かたど》ったペンダントをつけていた。

彼女は特集上映中、いつも劇場が開く前から外に並んでいる。いや、厳密にいえば、初日だけは十番目くらいだっただろうか。ひょっとしたら遠方から来ているのか、交通機関の関係で一番乗りが叶わなかったのかもしれない。その後、二日目から今日までは誰よりも早くチケットを買い、入場順を示す番号カードは常に「1」だ。

この特集上映には前売りがなく、また、オリオンは大手のシネコンと違ってすべて自由席だ。そのうえ入場はチケットを購入した順となる。人気作品であれば、少しでもよい席を確保しようと朝一番に大勢が並ぶこともある。

フロアを任されている僕は、ロビーで待つお客さんたちを順番に入場させ、全員が座席に着くところまでを見届ける。ペンダントの彼女のことを気にし始めたのは、特集上映初日、まさに客席でのことだった。

その日、シアター2にほとんどのお客さんが座り終えてからも、彼女はあるシートの前でひとり立ち尽くしていた。

それは、最後列の左隅に二席だけ設置された革張りのシートだった。

その後の不可解な行動は鮮明に覚えている。ペンダントの彼女はまじまじとその席を見つめると、それから、背もたれ、肘置きの順にゆっくりと撫《な》で始めたのだ。

二席のうちのもう一席、一番隅に座っていた初老の男性が、訝しげな目で彼女を見て、何か話しかけていた。なんと言ったのか入り口に立つ僕には聞こえなかったが、彼女はその男性には首を振るだけで何も答えなかったように思う。

あの革張りのシートがそんなにも珍しかったのだろうか。

いや、あるいは、そのシートにかなりの価値があって、彼女はそういうのに詳しいひとなのかもしれない。それでなければ、あそこまで強い関心を示すことはないだろう。

その日は全員が着席していることを確認し、それからいつも通り上映を開始した。

そして翌日以降——彼女は開館前から入り口に並んだ。

二日目からは、必ず一番乗りで座席に着いた。三日目も、四日目も、今日まですべて同じ席。いつも例の、革張りのシートに座った。

はたして、彼女がそこまであの席にこだわる理由って、なんだろう。

4

かすみさんなら僕の疑問なんて簡単に解き明かしてくれるのではないかと思い、昼休みを待った。午前の上映が終わり、午後の回まで少し時間ができたが、残念ながら今日の彼女はとても忙しそうだった。

配給会社との交渉や連絡が重なっていたらしく、事務室でずっと電話対応に追われていた。僕はひとりだけ休憩をとるのも申しわけない気がして、表の掲示板に次回の上映が決定した作品のポスターを貼り替えに出た。

外に出て空を見上げる。さんさんと降り注ぐ日の光のまぶしさに目を細めた。季節はもう夏だ。

新卒で就職した会社が不運にも入社二か月余りで倒産の憂き目に遭ったときには、自分の不幸を呪い、明るい未来なんてこれっぽっちも考えられなかった。だが、いまはどうだろう。もちろんアルバイトという身で収入はわずかだし、先のことは相変わらず心配だけれど……それでも、ここで働くことができたのはこの上ない幸運だったように思う。

いままで興味すら示すことのなかった映画に触れ、その面白さを感じ始めている。

毎日オリオンに出勤するのが楽しい。たくさんのお客さんの笑顔に触れ、ときには常連のお客さんからもっと映画を勉強しなさいと叱咤激励され、たまに勤務後にスタッフだけで開く今後の上映作品の試写会に参加したり、家に帰ればレンタルしてきた旧作を観て感動したり、驚いたり。

そしてなにより——ここには楽しそうに映画の話をするかすみさんがいる。

僕は掲示板のガラス戸を開けると、抱えていたポスターを広げた。

次回から上映する作品のひとつ、『ホーム・アローン』。

これは僕も、かつてテレビ放映されたときに家族と観たことがあった。当時十歳だったマコーレー・カルキン少年が、泥棒たちから自分の家を守る話だ。

「あら、クリスマス映画をこんな時期にやるなんて珍しい」

ポスターを貼り替え終えたところで、ちょうど背後から声を掛けられた。

振り返ると、見覚えのあるひとが立っていた。僕が気になっていた、例のペンダントの女性だ。

「ええ、かすみさ——いや、支配人が、『映画館の中に入ればそこは時空を超えた別世界なので』と言ってラインナップしたようです」

「ふうん。そのかすみさんていう支配人さん、面白いわね」

思わず口にしたかすみさんの名前を、いきなり覚えられてしまった。

彼女の口元がゆるんだ。このひとが笑ったところは、初めて見た気がする。きりりとした眉と目力で鋭そうな印象だったが、意外にも、と言ったら失礼だろうか、ずいぶんとやわらかな表情だった。

「オリオンのスタッフの逢原です。毎日特集上映を観ていただき、ありがとうございます」

「わたしは、若尾《わかお》」

ちょっと遅くなってしまったが、僕たちは互いに自己紹介した。

「午後も何か鑑賞される予定ですか？」

「ううん、ごめんなさい。そういうわけじゃなくて。わたし、家がすごく遠くてね、ここへは初日に新幹線できて、それからずっとビジネスホテルに滞在しているの」

「一週間もホテル暮らしってことですか」

「そう。今日は午前中にここで観てから近くでランチして、いまは目的もなく、なんとなくぶらぶら近くを散歩してたとこ」

若尾さんの話ぶりからすると、どうやらこの街には、本当に今回の特集上映のためだけにやってきたようだ。四十代くらいに見えるが、家族はいるのだろうか。気にはなったものの、いきなりそんな踏み込んだことを聞いては失礼だろうから、かわりに無難な質問をしてみた。

「監督さんの――サクさんのファンなんですか？」

「そうねえ……」

その一瞬だけ、若尾さんの顔が曇ったように見えたが、

「大ファン、かな」

すぐに表情を作り直して力強く答えた。

映画にかぎらず、僕には新幹線に乗ってまで追い求めたいと思えるほど何かを好きになった経験がない。だから正直言って、彼女の言葉にどう返してよいのかもわからない。

向こうも僕の心中を察したのか、いま貼ったばかりのポスターに目を向けた。

「『ホーム・アローン』、懐かしいな。マコーレー・カルキンくん、いま何してるんだろうね」

僕もネットの記事で目にしたことがあるが、子役としてブレイクしたあとは、ずいぶんと大変な人生を送っているようだ。

元子役――といえば、みなものことを思い出した。

彼女は先日、衣装デザインを学ぶため、夢だったパリへの留学を果たした。出発前にはもう一度、母親にひとりで会いにいき、感謝の気持ちを伝えて和解したらしい。

これまで複雑な事情があったにせよ、未来を向いていってほしい――なんて、アルバ

イトの身で明日も見通せていない僕が偉そうに言うなって話なんだろうけれど……。

「そういえば、『ホーム・アローン』で、突然カルキンくんのズボンの色が変わるシーンがあるの、知ってる？」

若尾さんがいきなり質問を投げかけてきた。

「そうなんですか？」

そんなことはまったく初耳だったし、僕ごときではたぶん、昨日観ていたとしても気づかなかっただろう。

「現場も見落としちゃったんだろうね。観ている側は話の進行通りに撮ってると思ってるひとが多いけど、実際の現場ではシーンの順番に撮影するわけじゃないし。それに、同じシーンをカメラの位置を変えて何度も撮ることだってあるから」

「すごくお詳しいですね。もしかして、映画関係のお仕事をされてるんですか？」

彼女の話ぶりから、なんとなくそんな気がして聞いてみた。

「過去にね。こんなことまじめに話すのも恥ずかしいけど、若いころは、映画監督を目指したこともあったの」

意外な告白だった。

「でも、あの世界っていうのは本当に狭き門で、圧倒的な才能が必要だってことも痛感したわ」

「そういうものなんですね」

　こちらはなんとか拾ってもらった零細企業が、入社早々倒産の憂き目に遭ってしまったくらいなので、才能うんぬんの世界とはまるで縁がない。

「それで、かわりにどんな仕事を？」

「映画の世界には未練があってね、制作現場で働いてたわ」

「監督ではなく……スタッフとしてですか」

「そうよ。何を担当してたと思う？」

　質問に質問で返されてしまった……。なんだと思うと聞かれても、僕には映画の知識がないだけでなく、映画関係者のことだってまったくわからない。

　監督、助監督、脚本、プロデューサー、撮影、音楽、衣装、照明、音響、大道具、小道具……。だめだ、これくらいしか出てこない。映画のエンドロールでたくさん流れているのに、あまり気にしたことがなかった。

「いや、わかりません……」

　僕の早すぎる白旗に、若尾さんは興ざめしたようだった。

「ヒントもらえますか」

「制作現場だって言ったじゃない。これ以上のヒントなんてないのに。もう……しょうがないわね。じゃあ、もうひとつだけ」

「ありがとうございます」

ポスターの貼り替え作業中に話しかけられてから、なんだかおかしな展開になってしまった。年上のひとに対して邪険にするわけにもいかないという思いもあって、いまは完全に若尾さんのペースだ。

「『ハリー・ポッター』シリーズの中で、カットが変わるとハリーのシャツの色も変わってるのは？」

「はい？」

若尾さんがどんな仕事をしているのか、ヒントをくれるんじゃなかったのか。

僕はわけがわからず、眉をひそめて聞き返してしまった。

「『不死鳥の騎士団』よ。じゃあ、同じ『ハリー・ポッター』シリーズで、スタッフが映り込んでしまってるシーンがあるのは？」

「どういうことですか」

「正解は『秘密の部屋』」

「いや、ですから、ちょっと待ってください。いまの質問と若尾さんのお仕事と、どういう関係があるんですか」

「これがヒントよ」

え……。

僕は固まってしまった。彼女が何を伝えようとしているのかまったくわからない。

「じゃあ、最後にもう一問だけ。ブラッド・ピットとアンジェリーナ・ジョリーが暗殺者の夫婦を演じたアクション映画、『Mr. & Mrs. スミス』《ミスター・アンド・ミスィズ》にある、おかしなシーンは？」

またしても似たような質問だったが、僕に答えられるわけがない。だって、ハリー・ポッターもそのなんとかスミスってのも観たことがないんだから。

そうして困り果てていると……。

「車のシートの背もたれの形が変わるところでしょうか」

突然の回答に、若尾さんが声のした方向を振り返る。

僕もつられて首を回すと、背後にいつのまにか、かすみさんが立っていた。

「毎日特集上映にお越しいただいてありがとうございます。名画座オリオン支配人の彩堂です」

かすみさんが若尾さんに向かって丁寧にお辞儀をした。今週は僕がフロア、彼女は受付をしているので、それで若尾さんがお客さんであることを覚えていたのだろう。

「どうも、若尾といいます。——って、あなたが支配人だったの」

若尾さんが思わず目を見開く。無理もないリアクションだ。僕だって、出会ったときにはアルバイトの学生だと勘違いしたくらいだし。

「よく驚かれます」

かすみさんが困り顔で頭をかく。

「でも、映画のことは詳しいようね。さっきの答えも正解よ。ちなみに、他には何かわかる?」

若尾さんが試すような目でかすみさんを見た。

「おかしなシーンですか……。そうですねえ、『ターミネーター3』に出てくる飛行機の機体番号がカットによって違うことですとか、『スターウォーズ』のレイの服の右前と左前、『千と千尋の神隠し』で千尋の肩に乗っていたネズミとハエドリが消えてしまうシーン。あ、それと一番有名なのは、『ローマの休日』のスペイン広場の時計台の針がカットによって進んだり戻ったりという。他にもたくさんありますが……でも、このへんにしておきます。撮影現場の苦労は、わたしなんかには想像もつかないことですから、それらもその作品の愛嬌ということで」

かすみさんはそう言って頬にかかった髪を耳にかけ直した。

若尾さんがどう思ったのかはわからないが、彼女はまじまじとかすみさんの顔を見つめてから、

「いきなりごめんなさい」

と頭を下げた。

かすみさんが慌てて顔の前で手を振る。

「いえいえ！　わたしこそ、映画のことになると急に出しゃばってしまって、悪い癖です」

そんな彼女の様子に、若尾さんが目を細めた。

「監督の特集上映、明日も楽しみにしてるわ」

「いよいよ最終日ですね。お待ちしています」

若尾さんは「じゃあ」と手を振ってから、パンプスのヒールを鳴らして颯爽《さっそう》と舗道を歩いていった。

「ところでかすみさん、何か御用でしたか？」

結局、若尾さんの仕事のことはわからずじまいだった。しかも彼女のペースにはまってしまったせいで、かすみさんが外に出てきた理由も聞きそびれていた。

「あ、そうでした！　呼人さん、休憩まだとってないんじゃないかと思って。それで様子を見にきたんでした」

僕は彼女が電話対応に追われていたからポスターの貼り替えをしていたのだけれど、彼女も僕のことを気にかけてくれていたのか。

なんか、嬉しい……。

「サンドウィッチ、多めに作ってきたんですが、ご一緒にいかがですか？」

「ぜひ！」

僕はかすみさんの誘いに胸の内で小躍りした。

5

連日盛況だったサクさんの特集上映も、いよいよ最終日を迎えた。

最終日である今日は、サクさんが最後に発表した作品『ライフステージ』を上映する。

開館前からオリオンの前にはすでに二十人ほど入場待ちの列ができていた。最前列には若尾さんだ。

本来、開館は初回上映時刻の二十分前だったが、入場待ちの列が長くなりそうだったため、急遽十分繰り上げてドアを開けた。

併せて座席への入場も、「上映五分前」から、十分前に変更した。

いつも通り、かすみさんが受付でチケットを販売し、僕がフロアで案内役と入場誘導を務める。

若尾さんは、今日もジャケットとスキニーに身を包み、胸にはハート型のペンダントをしていた。昨日のこともあったので、待合時間中に彼女に話しかけようかとも思ったが、それどころではなかった。ただでさえロビーがお客さんでごった返している中、お年寄りのグループからトイレの場所や給茶機の使い方などを次々と聞かれ、その対応でてんやわんやだった。

気づけばあっという間に入場開始時刻だ。

「大変お待たせいたしました」

僕はロビーのお客さんたちに向かって、初回上映時刻と作品名を呼び上げた。

「みなさま、お手元の整理番号カードをお確かめください。番号順にお呼びしますので、お急ぎにならず、足元に注意しながら進んでいただくようお願いします。——では、整理番号一番から五番の方、順番にお越しください」

若尾さんがまっさきに番号カードを差し出してきた。

僕は受け取るときに、

「昨日はありがとうございました」

と会釈したが、彼女は「どうも」と小さく答えただけで僕とは目も合わせず、すでにからだはホワイエのほうへ向いていた。一刻も早く座席を確保したいのか、気もそぞろな様子だった。

彼女を気にし続ける余裕もなく、僕は列で待つお客さんたちから、次々にカードを受け取っていく。五人ずつ順番に入場し、しばらくしてようやく五十人ほどのお客さん全員の入場が終わった。

万一シートに不具合や汚れなどがあったときのために、満席でも一席は空きが出るように販売数を設定している。ただ、それでもお客さんたちが無事に座席を確保できているかはこの目で確認しなければいけない。

しかし、ここでトラブルが起きた。

ホワイエからスクリーンに向かう途中、中から大きな声が響いたのだ。

僕が駆けつけると、シアター2の最後列、例の革張りシートの前で、男女が立ったまま向かい合い、口論になっていた。

「あんた、もう何度もここに座ってるだろ。いいかげん譲ってもいいじゃないか！」

「こっちのほうが早く来たんだからわたしの席よ！」

いっぽうは、恰幅のよい五十代くらいの男性だった。彼にはその奥さんらしき女性が寄り添っている。僕の記憶がたしかならば、このひとたちも毎日特集上映を観にきていて、今日は若尾さんの次に入場していた。整理番号券を受け取ったときに、男性の腕には高級そうな時計が見えた。連れの女性の身なりも整っている。おそらく生活には余裕のあるひとたちなのだろう。

そして、その高級腕時計の男性と言い争っていたのは——若尾さんだった。

僕は急いで階段を上っていく。すると中ほどに、なぜかパンプスが片方だけ転がっていた。とりあえずそれを拾い上げて三人のもとに向かう。

「どうされましたか」

声を掛けると、男性が苦々しい顔つきで僕を見た。

「このひと、席に向かう階段で靴が脱げたみたいなんだよ。それで結果的に俺が先にここに座って、バッグを置いて妻の席も確保したんだ。そうしたら今度は片足脱げたまま血相変えて隣の席に飛び込んできて、こっちが置いたバッグを押しのけて腰をおろしたわけ。どれだけ身勝手なんだか」

手にしていたパンプスと若尾さんの足元を見た。急いで席に向かったせいで、階段でよろけて脱げたのかもしれない。

「身勝手はどっちよ。奥さんはまだ座ってなかったんだから、先に来たわたしの席でしょ。バッグを置いて席を取ったことにするなんて、おかしいじゃない！」

若尾さんも、一歩も譲る気配がない。

「夫婦で来ていて別々の席に座れというのかい。ここは指定席じゃないんだぞ。俺が二席確保したのに割り込んでおいて何を言ってるんだ！」

ふたりのあまりの剣幕に、場内のお客さんたちもざわついている。

「ちょっと、落ち着いてください」

僕はなんとかなだめようとしたが、息巻く彼らはにらみ合ったままだ。

「若尾さん、これ」

僕がパンプスを差し出すと、彼女は無言でそれを受け取り、履き直した。

どちらの言い分もわからないではない。でも、だからこそ、いったいどうしたらよいかうまい提案ができなかった。

男性の奥さんは、傍らで僕と同じようにおろおろしている。

いっぽうの若尾さんだが、革張りのシートに愛着があるのはともかく、これほどまでに固執する理由がわからなかった。いったいこの席に何があるというのだろうか。

「わたしはここじゃなきゃだめなの。そっちにはこだわりなんてないでしょ」

彼女がぼそっとつぶやくと、男性は苛立たしげに答えた。

「こだわりなんてないさ。革製の特別なシートがあったから、一度くらい妻と座りたかっただけだ。それなのに、いつもあんたがいるじゃないか。さすがにもう十分だろう」

この夫婦も特集上映に毎日来ながら、ちょっと特別そうな革張りのシートに並んで座る機会をうかがっていたようだ。

それにしても、まずい。まずすぎる。このままでは予定通り上映できなくなるかもしれない。そうしたら特集上映はぶち壊しだ。こめかみのあたりを嫌な汗が流れた。

そのときだ。

「若尾さん、ちょっとよろしいですか」

背後から声がした。振り返るとかすみさんがいた。

「何よ」

若尾さんが棘のある声を出す。

「ほんの少しだけ、お話しさせてください」

かすみさんは若尾さんをホワイエへと案内し、彼女のほうもかすみさんの毅然とした態度にたじろいだのか、渋々ながら誘導に従った。

僕は若尾さんと言い争っていた男性に、奥さんと革張りのシートに着くよう勧めた。それからホワイエへ出て、ドアノブを引いて重い扉を閉めた。これで、仮に若尾さんが大声を出したとしても中の客席には届かないはずだ。

ホワイエには、かすみさんと、腕を組んだ若尾さん、そして僕の三人だけがいる。

「近くでご様子をうかがっていましたので、状況はだいたいわかりました」

かすみさんが若尾さんを見据える。いっぽうの若尾さんは居心地悪そうに、足元へと視線を落としていた。

かすみさんはいったい、どうやってこの場を収めようというのだろう。若尾さんのことを諭すのか。それともまさか、入場禁止を告げるのか。

だが彼女は、僕が思いもしなかった質問をした。

「若尾さんは、『ニュー・シネマ・パラダイス』をご覧になったことがありますか?」

僕は思わずかすみさんの顔を見つめてしまった。

何を言い出すんだ。昨日の帰り際に、若尾さんがかつて映画監督を目指していたらしいということは彼女にも話していたが、だからといって映画の話をすれば打ち解けられるとでも思ったのだろうか。

「もちろん。何度も観てるわ」

若尾さんは、相変わらず目を伏せたまま、淡々と答えた。

「では、あの作品でもっとも印象に残っているシーンはどこですか」

この質問……。昨日の朝、僕もかすみさんに事務室で聞かれた。

なぜ、それをいま、若尾さんに?

顔を上げた若尾さんも、眉間にしわを寄せ、訝しげな表情をした。

三人の間に重い空気が漂う。

僕はちらりと時計を見た。あと数分で上映時間だ。僕たちがこのままここにいたとしても、映写室のロッキーさんが照明を落とし、問題なく映写を始めてくれるだろう。

でも、オリオンは途中入場できない決まりだ。

あんなに特集上映を楽しみにしていた若尾さんが、最終日に映画を観られなくなってしまうかもしれない。

そのとき、かすみさんが静かに口を開いた。

「『ニュー・シネマ・パラダイス』は、パラダイス座で上映する映画そのものよりも、スクリーンを見つめるお客さんたちの顔が印象的ですよね。お年寄りも、大人も、子どもも、上流階級の人も、村人も。みんな笑ったり泣いたり驚いたり怒ったり、集中しすぎて真顔になったり、寝ていたり。老若男女、みんなが喜怒哀楽を表して、小さな世界でつながっていて――」

　たしかに、観客たちの顔は、それぞれの人生をそのまま表現しているようだった。あそこには立ち見のお客さんも大勢いたし、椅子を持ち込んでまで観ようとするひともいた。村にある唯一の娯楽だから、という理由だけではないだろう。

あの映画館は、いつのまにかみんなが集まる、とても愛おしいコミュニティなんだ。

「わたしはここを、パラダイス座のような映画館にしたいんです」

かすみさんの声には、穏やかながら強い思いがこもっているようだった。

ふと若尾さんを振り返ると、その瞳がいつのまにか濡れていた。

「若尾さん……」

僕が声をかけた瞬間、彼女ははっと我に返ったように、ごしごしと目元を拭った。

そのとき、シアターの扉が開いた。

「あのう……」

すき間から顔をのぞかせたのは、先ほど若尾さんと口論になった男性の奥さんだった。

「そろそろ上映が始まりそうですよ。わたしたちは別の席に移って、一番うしろの席は空けておきましたから、どうか戻ってください」

にっこりとほほ笑みながらそう告げると、彼女は顔をひっこめた。

「若尾さん、行きましょう」

かすみさんが若尾さんの背中に手を当てる。

拭ったばかりのはずの若尾さんの目元は、ふたたび潤んでいた。

6

上映が終わり、お客さんたちがぞろぞろとホワイエに出てくる。

ひとの流れが途切れたところで客席に入ると、スクリーンの前、最前列の座席との間のスペースで、若尾さんが深々と頭を下げていた。

相手は先ほどの夫妻だ。

「いや、もういいよ。俺も言いすぎた。大人げないってこいつに怒られてしまった」

上映前にはあれほどいきり立っていた男性が、いまはバツが悪そうに頭をかいている。どうやら奥さんに咎《とが》められたようだ。最初は控えめでおどおどした女性に見えたが、家庭での立場は逆なのかもしれない。夫婦というのは一見しただけではわからないものだ。

「じゃあ」

男性が若尾さんに小さく手を振る。

それから夫妻で出入口に向かってくると、男性のほうが扉の傍らにいた僕にひと言、「悪かったね」と謝り、ロビーへと去っていった。

若尾さんの目はひどく虚ろだった。昨日の気丈で勝ち気な雰囲気が嘘のようだ。

「大丈夫ですか。ちょっと落ち着くまで座りましょう」

僕は彼女を最前列のシートに促した。

若尾さんは肯定も否定もせずにすうっと腰をおろし、そのまま深く背にもたれた。

「迷惑をかけてしまって、ごめんなさい」

途切れそうな声だった。

僕も彼女の横に浅く腰かける。

「パラダイス座に集まる人たちの生き生きとした表情は、あの映画の中で一番幸せな顔だと思う」

若尾さんは『ニュー・シネマ・パラダイス』の話を始めた。上映前にかすみさんから聞かれたことを思い出したのだろうか。

「パラダイス座の一階から二階席を見つめる男性と、彼のことを二階席から見おろしていた女性は、並んで映画を観るほど親密になって、やがて結婚して、再建された新しいパラダイス座には赤ん坊を連れてきて。彼らはアルフレードのお葬式にも並んでいたわ。映画が縁となるそんな人生を歩めたら……素敵だったでしょうね」

僕も最近観たばかりだというのに、いま若尾さんに言われるまで全然気づかなかった。あの客席の中にそんなドラマがあったなんて。

「あら、初耳みたいな顔してる」

若尾さんに言われ、耳が熱くなった。

「映画のことにはまだ疎くて……勉強中なんです」

「ちなみにいま話した彼は、アルフレードとともに小学校卒業試験を受けてるのよ」

「すみません、同一人物だとはまったくわかりませんでした」

「べつに謝ることじゃないわ。本筋には直接関係ないしね。それに……博識な支配人と、彼女を支える無知だけれど頑張り屋の君。現実世界ではそういうのもいいんじゃない?」

若尾さんの頬がゆるむ。その表情にはずいぶんと生気が戻っていた。

「呼人さん」

開いた劇場扉からかすみさんが顔を見せた。

「──と、あら、若尾さんも」

若尾さんはすっと立ち上がり、かすみさんに深く頭を下げた。

「え、え、どうしたんですか。やめてください、若尾さん」

かすみさんが慌てて彼女に駆け寄る。

僕も急いで立ち上がったが、どうしてよいのかわからずあたふたとしてしまった。

若尾さんがゆっくりとからだを起こし、かすみさんを見つめる。

「わたし、どうかしてた」

真摯なまなざしだ。

「あなたの言葉で頭を冷やすことができたわ」

「そんな……、こちらこそ生意気言ってすみません」

かすみさんは胸の前で手を振る。

「でも……わたし、思ってたんです。制作と興行で立場は違ったとしても、きっとあの質問だけでわかっていただけるんじゃないかって」

かすみさんからの問いかけ──『ニュー・シネマ・パラダイス』で印象に残っているのは？

「ええ。映画は撮って終わりじゃない。お客さんがいて、彼らに観てもらって初めて完成するものだから……だから、黙って席に座りなさいって。痛いほどわかったわ」

「いえいえ！　わたし、そこまで強烈なメッセージは送ってませんから」

面食らったかすみさんに、

「冗談よ」

と若尾さんが笑いかける。そして、あらためて穏やかな顔に戻って言った。

「でも、本当にありがとう」

すると、かすみさんも呼応するように深々と頭を下げた。

「こちらこそ、ありがとうございます」

「わたし、何かあなたにお礼を言われるようなこと、したかな？」

「だって、直接サクさんとお仕事をされた方に来ていただけるなんて、光栄ですから」

ん？　どういうことだ？

「かすみさん、ひょっとして若尾さんがどんな仕事をされてきたのか知っているんですか」

「あなたもさっき聞いてたでしょ、『制作と興行で立場は違ったとしても』って」

若尾さんがやれやれという顔でため息をつく。

かすみさんは、僕にうなずいてから言った。

「スクリプターの、若尾千景《ちかげ》さんですよね」

「そうよ」

職業と名前を告げられた彼女が目を細める。

「でも、支配人さん。いつわかったの？」

「昨日の外での会話で、すぐにピンときました。それに、サクさんの特集上映に毎日来られるのなら、ひょっとしてサクさんの作品にも関わっているのではないかと思い、うちで保管してあったサクさん監督作品のパンフレットを確認したんです。すると思った通り、晩年の作品のすべてに若尾さんのお名前を見つけました。いま上映した『ライフステージ』でも、エンドロールに表記されていましたよね」

話についていけてない僕は、ここでふたりの間に割って入るのが心苦しかったものの、恥を忍んで声を掛けた。

「あの……」

「どうしました？」

かすみさんに見つめられて、ますます聞きづらくなる。

「そのスクリプターって、どんなお仕事なんですか」

ああ、言ってしまった。

ちらりと若尾さんを見ると、

「映画に疎いのはしょうがないけど、これからもっと勉強しなさいよ」

とたしなめられた。

かわりにかすみさんが僕への説明を引き受ける。

「『スクリプター』というのは、『記録』と表記されることもあります。その名の通り、撮影データのすべてを記録する仕事です」

「昨日のわたしからのヒント、覚えてる?」

若尾さんに聞かれて、思い出してみた。『ハリー・ポッター』や有名作品の中の、前後の辻褄が合わないおかしなシーンのことか。

「映画撮影っていうのは大変な仕事なの。台本に書かれたシーンを順番通り撮ることなんて滅多にないし、役者さんたちのスケジュール調整だってままならないもの。俳優AとBが会話するシーンがあったとして、Bのスケジュールが合わなかったら、まずはAだけ撮って、後日Bのほうを撮ったりすることもあるほどよ」

「え、でも、ひとりずつ撮ったら、さすがにそのシーン、不自然になりませんか」

「そういうときはAの後ろ姿にそっくりな役者さんを使うのよ。『ボディ・ダブル』って聞いたことない?」

「勉強不足ですみません」

若尾さんは「しょうがないな」という顔をしてから話を進めた。

「……とにかく、小道具やカメラと登場人物の位置、セリフに、場面ごとの不一致がないかチェックするの」

「それって、めちゃくちゃ重要じゃないですか」

「そうよ。昔はだいたい助監督がしてたようだけど、最近ではフリーランスも多いみたい。わたしもそうだったし」

「ひとりで請け負うんですか」

「まあ、たいていは」

僕は純粋に驚いた。撮影現場のすべてを把握する仕事があることに、そしてフリーランスの女性がひとりで行うなんてことにも……。

「若尾さんは、どうしてスクリプターに？」

ぽかんとしている僕にかわって、今度はかすみさんが聞いた。

「そうねえ、胸を張って答えられるような動機は……ないかな」

若尾さんが自分を卑下するような笑みを浮かべる。

「わたしね、かつては親の反対を押し切ってまで映画監督を目指してたの。そういう専門学校にも通ったし、いろんなフィルムフェスティバルにも出品して。二十代の青春のすべてを映画撮影に捧げてきたんだ」

そこまで本気で目指していたのか。

「……でもね、頑張れば必ず夢が叶うっていうのは、映画の中だけのおとぎ話だって気づいたの。ううん、気づいたなんて嘘ね。最初から知ってた。だって、『ニュー・シネマ・パラダイス』でアルフレードがトトに掛けた言葉、初めてあの映画を観たときからしっかり覚えていたもの。『人生はおまえが観た映画とは違う。人生はもっと困難なものだ』って」

若尾さんの言葉に静かに耳を傾けていたかすみさんだったが、

「あのセリフはひとを諦めさせる言葉ではなく、鼓舞するものだったと思いますよ。だって、アルフレードはトトの可能性を信じていましたから」

ここだけは引っかかったらしい。

若尾さんもはっとした表情をした。

「そうね、ごめんなさい。わたし、自分に都合のいいように解釈しちゃった」

「いえ。続きを聞かせてください」

かすみさんが穏やかに促す。

「結局は、十年近く経っても芽が出なかった。それで腐って挫折しかけていたところを、知人の伝手《つて》をたどって、たまたま監督のプロダクションに拾ってもらったの。ただのアルバイトだけどね。監督とは父親ほど齢《とし》が離れていたから、出来の悪い田舎娘に情けをかけてくれたのかもって、当時はそう思ってたんだけど、そんなのも自意識過剰だってわかったわ。あとから聞いた話では、監督、わたしのことなんか顔も名前も知らなかったみたいだし」

　若尾さんがふっと笑みを漏らした。

「それで、そこで働き始めてからは、現場の片づけやゴミ捨てとか買い出しなんかの雑用ばかりだったけど……でも、いつのまにか三年くらい経ってて。毎日毎日必死になって駆けずり回ってた。意味や目的なんて考えたこともなかったわ」

　彼女の頭の中には、当時の光景がありありと浮かんでいるようだった。

「ただ、それがよかったのかも。休みなしにずっと現場に入ってるうちに、ちょっとずつ気づくようになったんだ。たとえばロケ現場で、同じシーンを撮影してるのに役者さんの服装が微妙に違うこととか、あるはずの小道具がないこととか。ただのアルバイトがそんなことを指摘したものだから、当時のスクリプターはカンカンに怒っちゃったけど。でもね、かわりに監督がわたしを気に入ってくれて。それで、次の作品から彼の映画で正式にスクリプターをするようになったわけ」

　そんな仕事の引き寄せ方もあるんだ……。

「まあ、ちゃんとした仕事を一から覚えるのはものすごく大変だったし、プレッシャーも大きかった。監督には毎日のように怒鳴られて、物まで投げつけられて……もう、散々だったもの。そうやってまた十年以上走り続けてきて、少しずつだけど、監督の理想や描きたい世界を理解できてきた気がして……」

若尾さんの言葉が途切れた。

「どうしました？」

心配になって声を掛ける。

「それなのに、監督……癌《がん》を患っちゃって。検査でわかったときにはもう、末期だったみたい」

そういえば……。

特集上映中、ロビーに飾られたサクさんの写真の脇にプロフィールが記されていた。癌が発覚したのは、今日上映した作品、『ライフステージ』――つまりこれがサクさんの遺作になったわけだが――の撮影中だったようで、彼は自分の病気のことを誰にも告げず、カメラを回し続けたらしい。

「『ライフステージ』を撮り終えるまで、わたし、毎日ぼろ雑巾のように監督についてて回って。ううん、撮り終えるまでより、そのあとのほうが長かったかもね。監督のからだ、そのころきっと、相当悪かったはずなの。それでも編集作業はスタジオに入ったまま、家にも帰らず寝る間も惜しんで続けてた」

なんて壮絶な現場なんだろう。いつ消えてもおかしくない自分の命の灯に、なんとか持ちこたえてくれと、ただ祈るような気持ちだったのかもしれない。

「いまだから言えるけど……わたしね、監督に恋してたんだ、きっと。そりゃあ親子ほどの年の差だったし、立場だって全然違った。師弟関係のような間柄だなんて口にするのもおこがましいよ。でもね……わたしにとってはやっぱり恋だった」

　しっとりとした声音が耳に残る。

「まあ、気づいたときには亡くなってしまってたけど。急に終わった恋。それはまるで、使わないシーンのフィルムをカットするようだった。自分の恋の行方が切り取られちゃったみたいで……」

　若尾さんの顔が曇った。

「そういえば、『ニュー・シネマ・パラダイス』に似てるかもね。完全版から劇場公開版に尺を縮めるとき、トトとエレナの恋の顚末が、ストーリーからばっさりカットされてるでしょ」

　彼女の恋に、いきなり『ニュー・シネマ・パラダイス』が出てくるとは思わなかった。……ていうか、あの作品、完全版と劇場公開版があるのは聞いていたが、内容にそんな大きな違いがあるなんてことは知らなかった。

　そっとかすみさんの表情を探ると、彼女は僕の心中を見透かしたようにほほ笑み、嚙み砕いて説明してくれた。

「呼人さんがご覧になった、オリオンで上映しているバージョン――あれは劇場公開版です。いっぽうの完全版は、ディレクターズカット版や、ＤＶＤやブルーレイでは完全オリジナル版とも表記されているので、なんだか紛らわしいですよね。劇場公開版は完全版より四十分ほど短く、若尾さんがおっしゃったシーンが丸ごとなくなっています」

そうだったのか。僕が観たときにはまったく違和感がなかったが……。

「君は勉強中だからしょうがないよね」

若尾さんが皮肉めかして笑う。

「いえ、わたしがあえて完全版のことには触れなかったんです。個人的に劇場公開版が本当によくできていると思ったから」

ああ、このひとはいつだって優しい。まるで天使だ。

「ところで若尾さん」

かすみさんがあらたまった表情で呼びかけた。

「あの革張りのシートに、かつて別の場所で座ったことがあるんじゃないですか」

不意打ちのような、そしてなんとも不思議な質問だった。

若尾さんはかすみさんを凝視すると、唖然としたまま、ふらふらと座席に腰をおろした。いや、吸い込まれたという表現のほうがふさわしい。

僕とかすみさんも、彼女の両脇のシートに座った。

「ここの支配人さんは、なんでもお見通しなのね」

しばらく沈黙したあと、ようやく若尾さんが口を開いた。

わざと明るく振る舞っているようだった。

「監督の最後の映画『ライフステージ』が完成したとき、わたし、一度だけ監督の隣で映画を観せてもらったことがあったの。『ご褒美だ』って言われて。本当にたった一度きり。人生、最初で最後だった」

「どちらでご覧に？」

話を止めては悪いと思いながらも、気になって仕方がなかったため、僕は途中で若尾さんに問いかけた。

「もう、いまはない配給会社の試写室よ。そのときの監督との会話は、まだはっきり覚えてる。本当はスクリプターであるわたしの見落としで、作品の中にいくつかおかしなシーンがあったのに……。でも監督は、それも作品の愛嬌だって笑ってくれたの」

「愛嬌」

僕は思わずつぶやいてから、かすみさんを見た。その言葉、昨日彼女も口にしていたのを思い出したからだ。

――『撮影現場の苦労は、わたしなんかには想像もつかないことですから、それらもその作品の愛嬌ということで』

「そうよ。ここの支配人さんが監督と同じことを言ったときには、本当に驚いたわ」

「たまたまです」

かすみさんがかぶりを振った。

若尾さんがふっと笑みを漏らす。

「もちろん、監督が心からそう言ってくれたのかはわからない。だって、それまで異常なほどの完璧主義者で、ものすごく厳しいひとだったから。……もしかしたら、自分の余命を察していて、最後に優しく振る舞ってくれただけなのかもしれない。結局わたし、まともな恋愛も結婚もしないままこの歳になってしまって……心の支えだった監督を失ってからは、スクリプターの仕事もうまくいかずに辞めちゃったし。それからは、ひとりでふらふら、他愛もないアルバイトでつないできたんだ」

なんとも力ない声だった。

聞きながら心配になったが、

「でもね」

彼女はそこで語気を強めた。

「そんなときに今回の特集上映を知ったの。不思議なものね。監督の作品、あのひとが亡くなってからは一度も観てなかったのに、なんだか引き寄せられるようにしてここへ来たわ。そうしたら、見覚えのある革張りのシートがあるんだもん」

若尾さんはそこで言葉を切ると、ゆっくりと腰を上げ、うしろを振り返った。

僕とかすみさんもつられるように席を立つ。

「初日にあれを見たときは、思わず声が漏れそうになるのを必死でこらえたわ。たまたま似てるだけなのかと思ったけど……でも、試写室のシートには背中の部分に小さく配給会社のロゴがついてたから、同じマークを見て確信したの」

そうだったんだ……。まさか、かつて配給会社の試写室にあったシートが、いまはオリオンにあるなんて、考えもしなかった。

「やはりそうでしたか。不思議な縁ですね」

「どうしてあれがここに？」

若尾さんがかすみさんに問いかける。

彼女は一瞬目を伏せてから、何かを決意したようにすっと顔を上げた。それから客席を見回していく。

「ここ、オリオンには、いろんな種類のシートがあるでしょう」

中央は赤、両サイドは黒と茶色のシートが並ぶ。

僕自身もずっと気になっていながら、はっきりと聞くことができなかった疑問だ。

「本当は、呼人さんには打ち明けたくなかったんですが……」

彼女がちらりと僕を見る。

「え……？」

僕に知られたくないことって……。

「かつて映画といえば、すべてがフィルム映写機での上映でした。でも、二〇一二年ころから急速にデジタル化の波が押し寄せて、デジタルシネマと呼ばれる全自動映写システムがフィルムにかわって主流になりました。そうしてフィルムからデジタルシネマに移行できない小さな映画館は、次々となくなっていったんです」

映画館にはそんな大きな転機があったのか。

「それでもオリオンは、祖父と映写技師のロッキーさんのふたりでなんとかフィルム上映を続けてきました。徐々に配給会社から貸し出してもらえるフィルムも数が減っていたんですが、いろんな関係先に問い合わせて、ときには遠方まで足を延ばしてなんとかしてたんです」

「映画一本流すためにそこまで……」

驚く僕に、かすみさんは深くうなずいた。

「でも、それも長くは続きませんでした。わたしが二十歳を迎えてまもなく祖父が倒れ、その年の暮れには息を引き取りました」

かすみさんの話に、息が詰まりそうだった。

オリオンで働き始めた最初の日に目にした、事務室のデスクにあったかすみさんとおじいさんの写真。あのとき僕は、制服姿のかすみさんのかわいらしさに、ばかみたいに浮かれていた。かすみさんも恥じらうばかりで、その顔に悲しい記憶がちらついているようには見えなかった。

でも、実際には……その写真を撮って数年後には、おじいさんは倒れ、オリオンは大変な状況に陥ったのだろう。ひょっとしたらかすみさんにだって、もっと別の夢や進路があったかもしれない。もしもその変更を余儀なくされたのだとしたら、あまりにつらすぎる。

かすみさんは若尾さんとも僕とも目を合わせず、歴史の語り部のように続けた。

「さすがにロッキーさんひとりで映写を続けることはできません。それに、オリオンの設備は老朽化が進んでいて、機材も故障しやすくなっていましたし、音響の質もよくありませんでした。座席にはシミができたり穴があいたりして」

いまオリオンに並ぶ彩り豊かな客席からは想像もできなかった。

「呼人さん、映画館のシートは一脚でいくらくらいすると思います？」

「え、ええっと……」

かすみさんの問いに、僕は言葉を詰まらせた。いままでそんなこと、考えたこともなかった。

「いきなりうかがってしまいすみません。一脚で五万円ほど、中古でも二万はします」

そんなにするものなんだ。新品なら百席で五百万か……。

「それに、もしもデジタルシネマを導入しようとすれば、初期費用だけでどんなに安くても五百万はかかると聞きました。うちにはそんなお金、到底準備できません。そうなればもう、オリオンは閉館せざるをえないだろうと、ロッキーさんもスタッフたちも、みなさんが覚悟していました」

かすみさんの拳が固く握られた。

「わたしも高校時代からボックスやフロアは手伝っていましたが、祖父のかわりに経営をどうにかできるような知識や技量はありませんでした。なんとかしたいと気持ちばかり焦ったところで結局お金の工面はどうにもならなくなって。そうして、いよいよ翌月末での閉館を決意したある日——」

彼女が深く息を吐く。

「突然、全国からさまざまな機材やシートが届けられたんです。なんだろうと、本当にびっくりしました」

僕はまじまじとかすみさんの表情を見た。いったい、どういうことだろう。

「それは、祖父が若いころに働いていたある配給会社の、元社長さんの呼びかけによるものでした。すでに閉館した各地のミニシアターから、使える機材や設備をいただけないかと声を掛けてくださったんです。実はその配給会社も倒産が決まっていて、行く末がまったく見通せていなかったはずなのに……」

その社長さんの思いを想像するだけで胸が締めつけられそうだった。

「シートは汚れや傷みの少ないものを、複数の提供先から少しずつ譲り受けました。デザインも色もまちまちでしたが、それはいろんなミニシアターの思いを受け継いでいるようでもあり、さらに、オリオンの個性になるのではないかと思ったんです。そして最後に、その配給会社からは、デジタルプロジェクターと、あの革張りのシートまでいただきました」

「そんな経緯であのシートがここに……」

若尾さんは意外な縁が信じられないようだった。

「祖父とその元社長は同期だったそうです。ふたりで全国を飛び回って、いろんな映画館に足を運んだ同志のような関係で」

「社長はサクさんのことが大好きでね、わたしがサクさんの作品に携わっていたころは、よく撮影現場にも足を運んでくださってたわ」

僕は、若尾さんが急に発した言葉が信じられなかった。

彼女とサクさん、元社長、かすみさんのおじいさん、そしてかすみさん。みんなが映画への熱い思いでつながっていただなんて。

かすみさんが両手を胸に当てた。

「そうだったんですね……。設備が整い、上映を再開できることが決まってからは、地域の方たちにも本当に助けられました。アルバイトスタッフとして支えていただいたり、いろんな催しをここで開いてくださったり、挙げればきりがないほどで、感謝は尽きません」

彼女がこの映画館を必死で守ろうとしているのは、おじいさんから引き継いだものだから——という理由だけではなかった。

僕なんかには理解しきれないほど、大きなものを背負っている。

「ここオリオンは、お客さまや地域のみなさん、制作者、そしてすべてのひととの縁で成り立っている映画館なんです」

かすみさんは瞳を潤ませたまま、目の前に並ぶ座席を眺めた。

7

僕とかすみさんは、そろって外まで若尾さんの見送りに出た。

今日も空は澄み渡り、日の光をいっぱいに受けたアルファルトが白く輝いている。

さわさわと枝葉を揺らす風が気持ちよかった。

「若尾さん」

かすみさんが呼びかける。

「またいつでも来てください。特集上映のときでなくても。あのシートはずっとここにありますから」

振り返った若尾さんは、ふっと口元をゆるませた。

「たまには来たいと思うけど、もう、あそこには座らないわ」

「どうしてですか」

あんなにこだわっていたのに。

「もういいの。わたし、これからは前を見る」

僕たちにではなく、自分自身に言い聞かせているようだった。

彼女は、からだを翻すと背筋をピンと伸ばし、軽快な足取りで歩き始めた。

そして僕らから十メートルほど離れたところで振り返ると、

「今度来るまでに、ちゃんと勉強しておきなさいよ！」

若尾さんは満面に笑みをたたえ、周囲に響き渡るほど大きな声で叫んだ。

エピローグ

若尾さんを見送ったあと、今日はどの上映回もなかなかの大入りで、夜まで休む間もなく働き続けることになった。

「おつかれー」

「おつかれさまでしたー」

最終上映が終わり、片づけや清掃をした学生のアルバイトスタッフたちが帰っていくと、劇場は朝と同様の静寂に包まれた。

僕はひとり、「シアター1」の中央付近の客席に座っていた。

「呼人さん、お待たせしました」

そこへかすみさんが顔を見せる。彼女は入り口扉を閉めると、迷いなく僕の隣にやってきて、すとんと腰をおろした。

こんな近距離で並ぶのは、みなもの件で遠出したバスと電車のシート以来だ。

かすみさんから届く、ほのかな香水の香りが鼻腔《びくう》をくすぐる。

深夜の劇場、たったふたりだけの客席。

まるでデートだ。

いや、これはもう、デート以上の何かと言ってもいいんじゃないのか。

「今夜は『チャップリン』にしてみました」

彼女が僕を見つめる。

天然モードではなく、映画スイッチの入っているときの表情だ。

「もしかして、『ライムライト』ですか」

それはかすみさんが、僕をオリオンに導いてくれたときに口にした作品の名前。あのころはチャップリンが喜劇王であることさえ知らなかった。

「『ライムライト』は晩年の作品ですので、サイレントのチャップリンを観終わったあとがよいと思います。今夜は呼人さんにとって記念すべき『初チャップリン』ですから、とりわけファンの多いCITY LIGHTS《シティ・ライツ》——『街《まち》の灯《ひ》』にしました。わたし、これを選ぶのに一週間は悩んだんですよ」

そんな、僕のために……。聞いただけで泣けてきそうだ。

「たぶん、いままで呼人さんが観た中で一番古い映画かもしれませんね。なんといっても一九三一年の作品ですから」

そんな昔の映画なのか。

免疫不足で耐えられるかどうか、ちょっぴり不安だ。

それにしても……こういう会話をしていると嫌でも気づいてしまう。ふたりきりではあるものの、かすみさんにとってはデートなんていう意識、一ミリもないんだろうなって。

いま、こうして劇場にいるのにはわけがある。

若尾さんに散々『勉強しなさい』と言われたから、というわけではない。ようやく僕も正式にオリオンの一員だと認めてもらえたのか、少し前にかすみさんから、おすすめ作品を観せてもらう約束をしていたのだ。

「この映画、上映時間は八六分ですが、制作には二年近い歳月をかけているんですよ。いまの時代であればもちろんですが、当時でもその制作期間は常識では考えられないような長さだったそうです」

とうとうと語り続けるかすみさんは、これはもう、完全に『そっち』モードだ。

「ちなみに『街の灯』は、花を売る盲目の娘に恋をした浮浪者のチャーリーが、懸命に彼女を救う物語なんです」

僕はそのあらすじを聞いて、新藤さんのことを思い出した。『サウンド・オブ・ミュージック』をはじめとした、ミュージカル特集で出会ったお年寄りだ。新藤さんはあの件のあとも、ちょくちょくオリオンに足を運んでくれている。ロッキーさんとも打ち解けて、いまやふたりは気の置けない仲だ。なんでも彼ら、この夏には暗闇の劇場で音だけ流すホラー映画祭の企画を、画策しているとか、いないとか。

かすみさんはなおも続けた。

「一九二七年に世界で初のトーキー映画『ジャズ・シンガー』が公開されてからは、それまでのサイレントから、セリフや音がつく作品に転換されていきました。でもチャップリンは、あくまでサイレント映画にこだわったんです」

「じゃあ、もしかして、いまから観るのは無音なんですか？」

僕は自分の頬がこわばるのを感じた。

いくらかすみさんとふたりきりで彼女の好きな映画を観られるといっても、はたして集中して鑑賞できるだろうか。

「安心してください。全編に音楽がついています。しかも、そのすべてがチャップリンの作曲したオリジナルナンバーなんですよ。彼は別の作品ではバレエの振り付けまでしているほど、多方面で才能を発揮しています」

ちょびひげに山高帽《やまたかぼう》とステッキという風貌は、少し前に見せてもらった古いポスターで認識していたが、チャップリンとはそこまですごい人物だったのか。

それにしても……と、楽しげに語る彼女の横顔を見る。

以前——あれはオリオンで働き始めてすぐのころ。かすみさんは高校のとき、複数の異性からデートに誘われたことがあると聞いて、この上ない衝撃を受けた僕は危うく廃人になりかけた。

もちろん、可憐な彼女の容姿やほんわかとした性格に惹かれる異性なんて山ほどいるだろう。だって、僕も間違いなくそのひとりだから。

でも、どのデートも二度目はなかったと言っていた。かすみさんに思いを寄せていた彼らも、彼女のシネフィルぶりにはついていけないと、怖気づいてしまったのかもしれない。

はたして、僕はどうだろうか。

かすみさんと比べれば映画の知識は赤子同然だけれど、裏を返せば僕の容量は空きが多い。だから、これから素直にそこを満たしていけばいいじゃないか。かすみさんが話してくれる映画の話は、いつだって楽しくて仕方ない。

それに、ここオリオンが彼女にとって、人生そのものだってことも知っている。

だから、僕だったら――。

「呼人さん？　聞いてます？」

かすみさんの呼びかけにはっとする。見ると、彼女は怪訝そうな顔で口をとがらせていた。いけない、いけない。いつのまにか自分のロマンに浸ってしまった。

「すみません、大丈夫です」

「もお」

彼女が頬を膨らませた。

「じゃあ、いまから『街の灯』、流しますよ」

「はい、お願いします」

僕が返事をすると、かすみさんがうしろを振り返った。

ん？　なんでうしろ？

僕もつられて背後にからだをひねると、映写窓の向こうに野球帽が見えた。

「ロッキーさん……」

「今日はデジタルシネマで流しますので、ロッキーさんには消灯と上映開始までお願いしました。いつもなら真っ先にお帰りになるんですが、『支配人の頼みなら』と快く引き受けてくださったんです」

かすみさんの説明を聞いてからもう一度映写窓を見ると、ロッキーさんが歯を見せて満面の笑みを浮かべていた。なんか、大トトロか猫バスみたいな顔だ。

『兄ちゃん、うまくやれよ。なんなら暗闇で支配人の手でも握ってみろ』

あの目からはそんな挑発まで感じ取れる。

あのひとは相変わらず、僕のことを応援してくれているのかからかっているのかわからない。もっとも、孫娘の伊織ちゃんが同級生の市川くんといい仲になっても同じ顔ができるのかは見ものだ。（やばい、きっといまの僕も悪い顔になってる……）

そうこうしているうちに、館内の照明が落ちた。

暗闇と静寂が僕たちを包む。

それでも、かすみさんの愛おしい香りと息遣いだけは感じた。

ふと、脳裏に昼間の言葉がよみがえった。

『本当は、呼人さんには打ち明けたくなかったんですが――』

かすみさんが、若尾さんにオリオンの危機について話してくれたときだ。

あの言葉は正直、ダメージ大きかったな。

だって、彼女はまだ、僕に言いづらいことがあるってことだろう。そりゃあ、支配人と従業員の関係だから、経営の苦労は明かしたくないのもわかるけれど。

でも……。

「かすみさん」

視界のない中で、僕はすぐ隣にいる彼女の名を呼んだ。

「どうしました?」

つややかな声音だけが届く。

あれこれ胸にため込んだ彼女への気持ちを吐き出そうとしたところで、僕はそれを思いとどまった。欲張りはきっと罰が当たる。

僕が守ります、なんて恐れ多くて言えやしない。

だからいまは、この時間に感謝しよう。

「楽しみです、とっても」

「はいっ」

かすみさんの弾んだ声が返ってきたところで、急にスクリーンが明るくなった。

世の中には星の数ほどの映画があって、そのひとつひとつにたくさんの作り手たちの思いが結晶となって詰まっている。

もちろんすべての作品と出会えるわけではない。でも、できることならこれからも、かすみさんが観てきた映画たちのことをもっと知りたい。

彼女が心に刻んだ言葉、彼女が魅了された光景、彼女が心震わせた展開。

同じ映画でともに笑ったり、語り合えたり泣いたりできたら、どんなに幸せなことだろう。

そして、さまざまな謎を華麗に解き明かすホームズのような彼女のそばで、いつかワトソンみたいな名助手になれたらいいな。

僕はかすみさんを振り返った。

白く照らし出される彼女の横顔。

その瞳はきらきらと輝き、これから始まる物語を心待ちにしているようだった。

あとがき

浜松、横浜、仙台、静岡――とても幸運なことに、これまで住んだ街には身近な場所に、いつも映画館がありました。シネコンも、古き良き劇場も、そしてミニシアターも。

とくに大学時代は、いろんな映画館に足しげく通い、大学の図書館では映画のシナリオを読み漁るような日々を送っていました。

最新の設備が整ったきれいなシネコンも好きですが、その街の空気感をまとった、時代を感じさせるミニシアターも味わい深いものです。そしていま住んでいる静岡にも、とても素敵なミニシアターがあります。

その名も、『静岡シネ・ギャラリー』。五十席程度の座席数のシアターがふたつあり、なかなかお目にかかれない海外作品や掘り出し物の映画を上映してくれます。自分にとっては、居心地のよい癒しの空間。ここがわたしのアナザースカイ、という感じでしょうか（笑）。

本作の舞台となる『名画座オリオン』の雰囲気も、その静岡シネ・ギャラリーから想起しています。

オリオンで好きな映画を語りながら、さまざまな謎を解き明かしていくかすみさん。ふだんのおっとりした様子と、「スイッチが入った」ときの暴走モード。丸ごと自分の好みで、書くのがとても楽しかったです。

そんな彼女と地味にがんばる呼人の、心に寄り添う優しいミステリー。この作品を読んで、「登場した映画、観てみようかな」「今度の休みは映画館に行ってみよう」なんて思っていただけたら、それだけで嬉しいです。

最後に——この作品にお付き合いくださった読者さま、企画段階からさまざまなアイデアとアドバイスをくださった編集の後藤さん、的確で丁寧な改稿指示をくださった田村さん、とってもキュートなかすみさんを描いてくださった装画のヤマウチシズさん、装丁の久保さん、そしてこの本を世に送り出すことに携わってくださったすべての皆さまに、心から感謝申し上げます。本当にありがとうございました。

また次の物語でお会いできることを願って。

二〇二〇年二月　騎月孝弘《きづきたかひろ》

この物語はフィクションです。実在の人物、団体等とは一切関係がありません。

騎月孝弘先生へのファンレターのあて先
〒104-0031　東京都中央区京橋1-3-1　八重洲口大栄ビル7F
スターツ出版（株）書籍編集部 気付
騎月孝弘先生

彩堂かすみの謎解きフィルム

2020年2月28日　初版第1刷発行

著　者　　騎月孝弘　©Takahiro Kizuki 2020

発 行 人　　菊地修一
デザイン　　カバー　久保夏生（ナルティス）
編　　集　　フォーマット　西村弘美
発 行 所　　スターツ出版株式会社
〒104-0031
東京都中央区京橋1-3-1　八重洲口大栄ビル7F
出版マーケティンググループ　TEL 03-6202-0386
（ご注文等に関するお問い合わせ）
URL　https://starts-pub.jp/
印 刷 所　　大日本印刷株式会社

Printed in Japan

ISBN　978-4-8137-0855-1　C0193

スターツ出版文庫　好評発売中!!

『こころ食堂のおもいで御飯～あったかお鍋は幸せの味～』栗《くり》栖《す》ひよ子・著

結が『こころ食堂』で働き始めてはや半年。“おまかせ”の裏メニューにも慣れてきた頃、まごころ通りのみんなに感謝を込めて“芋煮会”が開催される。新しく開店したケーキ屋の店主・四葉が仲間入りし、さらに賑やかになった商店街。食堂には本日もワケありのお客様がやってくる。給食を食べない転校生に、想いがすれ違う親子、そしてついにミャオちゃんの秘密も明らかに…⁉　年越しにバレンタインと、結と一心の距離にも徐々に変化が訪れて…。

ISBN978-4-8137-0834-6 ／ 定価：本体630円＋税

『一瞬を生きる君を、僕は永遠に忘れない。』冬《ふゆ》野《の》夜《よ》空《ぞら》・著

「君を、私の専属カメラマンに任命します！」クラスの人気者・香織の一言で、輝彦の穏やかな日常は終わりを告げた。突如始まった撮影生活は、自由奔放な香織に振り回されっぱなし。しかしある時、彼女が明るい笑顔の裏で、重い病と闘っていると知り…。「僕は、本当の君を撮りたい」輝彦はある決意を胸に、香織を撮り続ける——。苦しくて、切なくて、でも人生で一番輝いていた２カ月間。２人の想いが胸を締め付ける、究極の純愛ストーリー！

ISBN978-4-8137-0831-5 ／ 定価：本体610円＋税

『八月、ぼくらの後悔にさよならを』小《こ》谷《たに》杏子《きょうこ》・著

「もしかして視えてる？」——孤独でやる気のない高２の真彩。過去の事故がきっかけで幽霊が見えるようになってしまった。そんな彼女が出会った“幽霊くん”ことサトル。まるで生きているように元気な彼に「死んだ理由を探してもらいたいんだ」と頼まれる。記憶を失い成仏できないサトルに振り回されるうち、ふたりの過去に隠された“ある秘密”が明らかになり…。彼らが辿る運命に一気読み必至！「第４回スターツ出版文庫大賞」優秀賞受賞作。

ISBN978-4-8137-0832-2 ／ 定価：本体600円＋税

『その終末に君はいない。』天沢《あまさわ》夏《な》月《つき》・著

高２の夏、親友の和佳と共に交通事故に遭った伊織。病院で目覚めるも、なぜか体は和佳の姿。事故直前で入れ替わり、伊織は和佳として助かり、和佳の姿になった伊織は死んでいた……。混乱の中で始まった伊織の、“和佳”としての生活。密かに憧れを抱いていた和佳の体、片想いしていた和佳の恋人の秀を手に入れ、和佳として生きるのも悪くない——そう思い始めた矢先、入れ替わりを見抜いたある人物が現れ、その希望はうち砕かれる……。ふたりの魂が入れ替わった意味とは？　真実を知った伊織は生きるか否かの選択を迫られ——。

ISBN978-4-8137-0833-9 ／ 定価：本体630円＋税

書店店頭にご希望の本がない場合は、書店にてご注文いただけます。